人间失格·斜阳

[日] 太宰治 著
高海阳 译

にんげんしっかく
しゃよう

译林出版社

图书在版编目（CIP）数据

人间失格·斜阳 /（日）太宰治著 ; 高海阳译.
南京 : 译林出版社，2025. 1. --（太宰治精选集）.
ISBN 978-7-5753-0344-6
Ⅰ. I313.45
中国国家版本馆CIP数据核字第2024DZ2291号

人间失格·斜阳　[日本] 太宰治 / 著　高海阳 / 译

责任编辑　张紫毫
装帧设计　所以设计室
校　　对　施雨嘉
责任印制　颜　亮

出版发行　译林出版社
地　　址　南京市湖南路 1 号 A 楼
邮　　箱　yilin@yilin.com
网　　址　www.yilin.com
市场热线　025-86633278
排　　版　南京展望文化发展有限公司
印　　刷　南京新世纪联盟印务有限公司
开　　本　787 毫米 ×1092 毫米　1/32
印　　张　7.875
插　　页　4
版　　次　2025 年 1 月第 1 版
印　　次　2025 年 1 月第 1 次印刷
书　　号　ISBN 978-7-5753-0344-6
定　　价　49.00 元

目录

人间失格

前言

我曾见过三张那男人的照片。

第一张应该是他幼年时的照片，约莫十岁左右。那孩子被一大群女子围着（她们大概是那男孩的姐妹或堂姐妹们吧），站在庭院里的池边上，身穿粗纹的和服裙裤，脖子向左斜倾三十度，笑得很难看。难看吗？感觉迟钝的人（那些对美丑不关心的人）会表情淡漠地随口夸他一句：

“好可爱的男孩啊。”

听来倒也不是一句空荡不实的吹捧话。因为那小孩的笑脸上，也并非没有通俗意义上的“可爱”的影子。然而，倘若是受过一丁点儿美丑训练的人，只须看上一眼，恐怕就会颇感不快地嘟哝一句：

“哎哟，多让人讨厌的小孩啊！”

然后，像把毛虫从身上掸掉那样，把照片一下子扔开。

还真是，那孩子的笑脸，越看越令人生出说不清的讨厌感。那根本就不是一张笑脸，一点也没在笑。这样说是有根据的：男孩紧握两拳站着——人在两拳紧握时是笑不出来的。是猴子，那是猴子的笑容吧，只是脸上丑陋的皱纹拧在一起，几乎让人想喊他一声“皱纹仔”。那真是张表情奇妙的照片，不知怎的，就是使人感到恶心不快。这样表情怪异的孩子，我从来不曾见过。

第二张照片也令人吃惊。他容貌大变，一身学生装扮。虽不清楚是高中还是大学时期的照片，但照片中是个容貌俊秀的学生。然而不可思议的是，这张脸毫无生气，不像是个活人。他身穿学生服，上衣胸前口袋露出一小截白手绢，翘着脚坐在藤椅上，还是笑着。这回的笑容，不再是皱巴巴的猴子笑脸了，而是充满机巧的微笑，但感觉还是跟一般人的笑不一样。也许是因为全然感觉不到血气和生命的重厚所带来的充实感，那笑容轻轻的，不像是只鸟，而像片羽毛，如同一张白纸。总之，感觉上那就是一个彻头彻尾的人造之物。说他装腔作势不准确，说他轻薄浮夸不准确，说他是女人的脂粉相也不准确；当然，说他时髦潇洒，更不准确。而且仔细端详的话，这个容貌俊美的学生，竟透出一种鬼怪故事般恶心的妖气。这样诡异的美貌青年，我从来不曾见过。

还有一张照片最为奇怪，几乎无法看出是什么年纪所摄。他的头发有几分白，坐在极其肮脏的房间角落（可从照片中清晰看到，房间的墙壁约有三处剥落），两手罩在一个小火盆上取暖。这回他没有笑，毫无表情地两手罩着火盆，看起来像自然死去了一般，整张照片散发着不祥的气息，实在令人忌讳。

奇怪的还不止这些，因为照片中他的脸较大，我便得以仔细端详他的脸部结构。额头长得平凡，额上的皱纹也平凡，眉宇平凡，眼睛、鼻子、嘴巴、下颚，也都平凡无奇。哎呀，这张脸不止毫无表情，甚至印象也难留下半点。毫无特点。比如，我看过照片后，一闭上眼，就已忘记了这张脸。即便房间的墙壁、小火盆能想起来，但房间主人的脸孔，却如雾般一下子消失了，无论如何也想不起来。这是一张不能入画的脸，不管是漫画还是别的什么。睁开眼，啊，想起来了，是那模样——甚至这样的欢喜也不会有。极端些说，即便睁开眼再看一次那照片，也还是想不起来的。如此一来，心情只会变得焦躁不快，眼神恨不得立刻从照片上移开。

就算是所谓“死相”，也应该比这更能留下点表情或者印象吧？也许人身上装个马头，就会产生如此感觉？无论如何，这张照片不知是哪里，让观者悚然而厌恶。这样一张诡异的男人脸，我也从来不曾见过。

第一则手记

我这一生，充满了羞耻。

世间的生活于我而言，总难以捉摸。我出生在东北的乡下地方，第一次看到火车，还是在长大之后。火车站有座天桥，我走上去，走下来，完全没注意到桥是为方便跨越铁路而造的，以为火车站内部像外国的游乐场，乐于建造复杂的设施，以显得高档和时髦；而且，我有很长时间是一直这么认为的。上下天桥，我反而觉得在玩一场洋气的游戏，铁道服务里，就数这项最合心意，以至于后来我发现此桥不过是为了旅客横跨铁道而造的楼梯时，顿时觉得颓然扫兴。

小时候在图画书上看到地铁，我也觉得那并非为实用而造，总以为与其在地上坐车，还不如坐地下的车来得更新奇而好玩。

我从小身体孱弱，经常卧床，平躺时，觉得毛毯、枕套和被套只是些无聊的装饰；到二十来岁了，才知道那偏偏是些实用的物品。这让我对人类的俭朴黯然神伤。

还有，我对空腹一事素无实感。这并非想说我生长在一个衣食无忧的家庭，不，完全没这等愚蠢的意思。我对“空腹”是何滋味，全然不懂。这样说是有点怪，肚子饿了，连我自己也感觉不到。记得小学、中学放学回家后，周围的人总对我说：“啊，你饿了吧？放学回来一定饿坏了，我们那时候也是这样。吃点甜纳豆？还有蛋糕和面包呢。”他们七嘴八舌，于是我就发挥一下与生俱来的拍马屁精神，嘟囔一句“我饿扁了”，边说边吃下十几粒甜纳豆，空腹是什么感觉，便一无所知了。

就我而言，我虽然很能吃，却几乎没有因为空腹了才去吃的记忆。我既会吃人们所说的珍馐、奢食，外出时，也会逼自己吃掉别人端上桌的菜。对于儿时的我来说，最痛苦的时刻，莫过于在自家吃饭的时候了。

在我乡下家里，全家约十口人，用膳时所有人的餐盘排成相对的两列，我是最小的孩子，当然坐在末座。房间中光线微暗，十几人默默地各吃各的，那氛围总使我感到一阵寒意。那是乡下古板守旧的家庭，菜肴也大概是既定样式，珍馐奢膳就不必想了，这使我对用膳时间越发感到可怖。我坐在那个微暗房间的末席，寒意袭来，簌簌发抖，一口接一口地把饭送进嘴里，强咽下，一边想着为何人一天要吃三顿饭呢？大家都似在执行某种仪式，一脸严肃地吃着，一日三回，全家准时聚在微暗的餐厅，把餐盘按顺序摆好，不管你想吃不想吃，谁都一声不响地咀嚼着白饭，低着头——我甚至想，他们也许在为家中四处蠕动的幽灵做祈祷吧？

不吃饭就得死，在我耳中这种话不外乎是令人生厌的恐吓。但是，那样的迷信（我至今仍认为那是某种迷信）一直给我带来不安和恐惧。人不吃饭就会死，所以为了这句话我们必须劳作，必须吃饭。于我而言，没有比它更晦涩难解、充满恫吓含义的话了。

也就是说，可以断定我对于人间的营生尚不甚了了。自己的幸福观与所有其他人的幸福观是如此相左，我对此感到不安。那种不安，使我每夜辗转、呻吟，几近发狂。我究竟幸福吗？小时候，人们总说我是个幸福的人，而我总觉得自己身处地狱，反倒是说我幸福的人，在我看来远比我安乐，无法相提并论。

有时我甚至想，我身上也背有十大灾难[1]，邻人就算背负其中一个，就足以丧失性命了吧。

总之，我弄不明白邻人痛苦的性质和程度，完全摸不透。或许那些实际的苦、只要能吃上饭便可解决的苦，才是最为剧烈的，是凄惨的阿鼻地狱[2]，连我的十大灾难也无法相比。我不明白那样的苦。不过虽说如此，那些人竟然能不去自杀，不去发疯，高谈阔论政治党派，不绝望、不屈服地持续与生活抗争，难道他们不觉得苦吗？他们是否变成了彻底的利己主义

1 《出埃及记》中的十灾。

2 八大地狱之一，是地狱中最为痛苦之处。

者，并确信那是理所当然的，而对自己从不置疑呢？若是那样可就轻松了。但生而为人是否就该如此？这就是完美的状态吗？我真搞不懂……他们夜里熟睡，清晨神清气爽吗？他们梦见什么了呢？一边走路一边在思考什么呢？钱？不会吧，不只是想钱吧？虽然我曾耳闻人是为了吃饭而活着的说法，却从未听说过人是为了金钱而活着。哎呀，这样说来……不对，还是搞不懂……就这样，我越想越是不明白，觉得自己完全是怪人一个，越发感到不安和恐怖，几乎无法与人交谈。说什么，怎么说，我真不知道。

于是，我琢磨出一个招数：搞笑。

这是我求人爱我的最后的方式。我对他人感到极度害怕，但对他们似乎又不能断念。这样做，起码我可以凭“搞笑”这根细线维系与他人的关系。这是对他们的一种服务，表面上时时一脸堆笑，实则内心铆足了临危一拼的劲儿，以至于到了千钧一发、急汗淋漓的境地。

甚至连自己家里人，他们如何受苦，每天在想什么，我从小对此都一无所知，总是战战兢兢，不堪这般窘迫，以至于成了搞笑高手。总之，不知不觉，我变成了一句真话也不会说的孩子。

看看那时候和家人一起的照片，其他人都是一脸严肃，一定是只有我在拧巴着脸咧嘴笑。那也是我童年时代的一种可悲的搞笑。

还有，亲人们数落我什么，我都从没顶过嘴。即便他们只是发一两句牢骚，在我听来也如五雷轰顶，要发疯似的，顶嘴就别提了。那些牢骚话说的都是万世一系的人间“真理”，我却无力实践它，所以我不配和他们同居一室吧？我陷入了这样的迷思。于是，我既无法争辩，也无法自辩。被人指责时，总有种错觉：那事本来就是自己的错。因此，我总是默默承受对方的攻击，而内心恐怖得发疯。

大概谁都不乐于受旁人的指责和斥骂。我从训斥我的人脸上，看到了比狮子、鳄鱼、恶龙更可怕的动物本性。一般来说那种本性都会被掩藏起来，但一有机会，比如生气的时候，它就会如草原上貌似温顺安睡的牛，突然尾巴甩起，啪一声把肚子上的牛虻抽死一样，不经意地暴露出人类可怕的本来面目。每当见到那种情形，我总觉得汗毛倒竖，战栗不已，进而想到这种本性或许是人生存下去的某种资格时，我感到几乎绝望了。

对他人害怕得发抖，而对自己作为人应有的言行毫无自信，使得我把一己的烦恼藏在心中角落，把紧张和忧郁深埋起来，一味装出天真无邪的乐观个性。渐渐地，我把自己变成了一个滑稽的小丑角色。

无论怎样都行，只要把人逗笑就好了。倘若这样做了，即便置身于他们所谓的“生活”之外，他们也无所谓吧。总之，不能让他们觉得我碍眼。我不存在，我是风，是虚空——越这么想，我就越是依“搞笑”这条路子去逗家人发笑。不止家人，就连家中更让我难以理解和害怕的男女用人，我也是拼了命地为他们提供“搞笑”服务。

到了夏天，我竟然在夏日浴衣里面，穿了件红色毛衣，在走廊走来走去，引得家中诸人发笑，就连平常不苟言笑的大哥，看了也忍不住笑了出来：

“哎呀，小叶，没这么穿的！”

他说话的语气充满了疼爱。其实嘛，大热天的，我再调皮捣蛋，也不至于这样怪，冷热不分，穿毛衣四处晃。我不过是把姐姐的绑腿套在两臂上，从浴衣的袖口露出那么一丁点，让别人看上去以为我穿了毛衣罢了。

我父亲在东京办事较多，他在上野樱木町有个别墅，每个月大半时间都住在那里。回家时会给家里人，甚至亲戚们买各种礼物，这似乎成了父亲的一个嗜好。

有一回，父亲去东京的前一天晚上，把孩子们都召集到客厅里，笑着逐个询问，下次回来想要什么礼物，并把每个孩子的答复一一记在本子里。父亲对孩子们这般亲切，实为少见。

“叶藏想要什么？”

父亲一问，我却支吾起来了。

被问到想要什么的瞬间，我什么都不想要了。怎么都行，反正什么东西都不能让我开心——这念头在我脑中一闪而过。然而，若别人送我东西，不管东西多么不合意，我这人也无法拒绝不要。讨厌之事不能说讨厌，对喜爱之事，我也像小偷似的提心吊胆，只能暗地里苦涩地品赏，在不可名状的恐怖里挣扎。总之，我连二者选一的气力都没有。想来，这一性格成了我多年后人生“充满了羞愧”的重要成因吧。

看到我闷声不响、扭扭捏捏的样子，父亲的脸上露出不悦之色：

“还是想要书吗？要不就浅草商店街里有卖的新年舞狮用的狮子面具，小孩戴上玩儿的那种，大小正合适，你不想要吗？”

被逼问“你不想要吗”时，我就彻底完了。以“搞笑”的方式回应是行不通了，这下丑角儿彻底演砸了。

“还是书吧。”

大哥一脸认真地说道。

“是吗？”

父亲有点扫兴，也没记下，啪的一声合上了记事本。

真是太失败了。我把父亲惹恼了，父亲报复起来肯定很可怕。那天晚上，我在被窝里一边发抖一边想补救的招儿。于是我悄悄起床来到客厅，打开父亲刚才放进记事本的那个抽屉，取出本子，哗哗地翻着，找到记录礼物清单之处，舔舔记事本附带的铅笔，写上“狮子舞”几个字，然后回去睡了。其实我根本不想要那舞狮的面具，反而书是有点想要的。但是，当我意识到父亲想给我买那个狮子面具，便迎合父亲的意思，千方百计想让父亲转嗔为喜，这才铤而走险，三更半夜潜入客厅的。

我这种非同一般的手段，果然取得了预料中的大成功。不久后，父亲从东京回来，对母亲大声说的话，我在自己房间就听到了：

“在商店街的玩具店里，打开本子一看，这里写着‘狮子舞’，这可不是我的字。奇怪啊。我转念一想，猜到了，肯定是叶藏的鬼把戏！那小子，当初问他时，他只是哧哧笑，不作声，过后却实在忍不住太想要那面具了吧。嗯，真是个奇怪的孩子！装作不知，却写得清楚。这么想要，说出来不就得了？我在玩具店里都笑出声来了。快，把叶藏给我叫来！”

另有一次，我把男女用人们召集到西式厅里，有个男佣把钢琴键乱敲一通（虽是乡下，家里的东西几乎一应俱全），我顺着那乱七八糟的曲调，给大家跳起了印第安人的舞蹈，众人皆大笑，二哥用闪光灯拍下了我跳印第安舞的样子。相片洗出来一看，我的围腰布（那是块印花布的方巾）接缝口处露出了小鸡鸡，这又引起了家人的哄堂大笑。对我来说，这大概又是一场意料外的大成功。

我每个月都订阅十几种新刊的少年杂志，除此之外，还有各种从东京弄来的书籍，我都默默读着。《胡言乱语博士》《奇离古怪博士》等杂志，我都非常熟悉。另外，鬼怪故事、评论、相声、江户笑话等我也相当精通。于是，一本正经地说笑话，惹得家里人大笑，对我来说是常有的事。

但是，呜呼哀哉，学校！

在学校里，我也开始受到尊敬，而受人尊敬这一观念却令我感到胆怯。尽管我蒙人可以蒙得几乎完美，但后来还是被某个全知全能的家伙识穿，杀得我片甲不留，羞耻得还不如死了——这个状态就是我对“受尊敬”的定义。即便是蒙人而“受尊敬”，到头来也会有人识破，他会告知其他被骗的人，一旦他们发现受骗了，他们的愤怒、报复究竟会如何？哪怕是想象一下我都感到汗毛直竖。

我在学校受人尊敬，与其说是因为出身富贵，不如说是因为大家认为我“脑子好”。我从小体弱多病，卧床一两个月是常事，甚至休学整个学年也是有过的事。即便如此，大病初愈坐人力车回校参加期末考试，我似乎比班上谁都要所谓“考得好”。就算身体状况好的时候，我也无心向学，上课时间画个漫画，到课间休息便讲给班上同学听，逗他们笑。上作文课时，尽写些滑稽笑话，被老师警告也照做不误。我知道老师其实喜欢那些笑话，私下里盼着我写呢。有一天，我照例以故作悲哀的笔致写了跟母亲去东京，坐火车途中把尿撒在车厢通道痰盂里的糗事（去东京路上，我并非不知痰盂何用，只是故意表现小孩的天真无邪，有意为之罢了）。作文交上去，我相信老师一定会被逗笑的，于是悄悄跟在离开课堂回办公室的老师后面。结果老师一出教室，就从全班作文里抽出我那篇，在走廊里边走边看，哧哧笑着，回到办公室时大概是看完了，便大声笑起来，满脸通红，还把作文马上传给其他老师看。见到这一幕，我可是得意极了。

真是个活宝。

我成功地把自己演成了一个活宝，成功地从“受尊敬”中逃了出来。成绩手册上我全科都是十分满分，唯独德育课一门，有时七分，有时六分，那也成了家中的一个大笑料。

但是，我本来的性格，总而言之与活宝型恰恰相反。那时候，我早被家中的女佣男仆侵犯、教唆，干了可悲之事。时至今日我知道，对幼童做出这种事，是人类所能犯下的最丑恶下流而又残酷的罪行，但是我却忍了下来，甚至由此觉得窥见了人某种本性，于是只能无力地苦笑。假如自己有说真话的习惯，也许就会毫不胆怯地在父母前告发他们的罪行。可是我对父母也不能充分理解，何谈向他人诉说呢？我对自己的手段毫无期待。即便告诉了父母，告诉了警察，告诉了政府，到头来也只是被那些圆滑世故的老手以各种说辞绕得晕头转向吧？

我清楚地知道，世间本无公平，向他人控诉终归是无用的。于我而言，除了对真相缄口，忍耐，继续行我的搞笑之道，别无他想。

也许有人嘲笑我：怎么，你说人不可信？你小子什么时候成基督徒了？但在我看来，丧失对人的信任，不一定就通往宗教之途。人啊，包括那些嘲笑人的，都互不相信，脑子里压根没耶和华啥的，不也活得好好的吗？还有一件我年少时的事。我父亲所在的政党有位名人，来本地演讲，我跟着用人们到小剧场听讲。剧场坐满了人，当地与父亲相熟的人都捧场来了，边听边使劲鼓掌。演讲完后，雪夜里众人三五成群地踏上回家之路，一路上都在说演讲会的坏话，贬得一塌糊涂。有个与父亲特别交好的人的声音也夹杂其中，他说父亲的开幕致辞很拙劣，那个名人的演讲不知所云——这就是那些父亲所谓的“同志们”以近乎愤怒的口气说的话。也就是这些人，路过我家时，鱼贯而入走进客厅里，脸上堆着发自内心的喜悦，异口同声地对父亲说，今天晚上演讲会大获成功！甚至当我母亲问那些用人们，今晚的演讲会怎么样？他们也都满不在乎地嚷嚷说太有意思了——刚才一路上，他们分明还在抱怨演讲会无聊绝顶呢。

但这事只是微不足道的一例而已。互相欺骗，而且很奇怪，谁也不觉得受伤害，甚至连互相欺骗一事也不曾察觉。在人们的生活中，这类如此鲜明、清楚、爽朗的例子，不胜枚举。然而我对这类互相欺骗的事，没多大兴趣，连我自己也从早到晚地用搞笑的方式骗人。我对修养科目中教科书式的正义等道德概念，并不关心。人们互相欺骗的同时却能清朗明快地活着，或者说看起来充满了活着的自信，这于我实难理解，始终也无人点醒我其中的妙谛。如果能通晓其中妙谛，我就不至于对人这般恐惧，玩命儿服务他人；也不至于跟生活对着干，遍尝漫漫长夜里地狱般的痛苦了吧？就是说，我憎恨用人们所行之罪，却连这个也从没向人控诉，想起来这并非因为对人不信任，当然也不是因为基督教主义，而相反，是由于人们对名叫叶藏的这个人牢牢关闭了信任之门。就连亲生父母，有时也会令我觉得费解。

不过，我发现自己难以向人倾诉的那种孤独气息，偏偏被许多女性本能地嗅到，成了往后我被种种纠缠的诱因之一。

总之，对女人而言，我是个对恋爱秘密能守口如瓶的男人。

第二则手记

在靠近海浪拍打的岸边，二十多株粗硕的山樱树耸立其上，黝黑的树皮，深褐色的嫩叶，以蔚蓝的海洋为背景，映衬着烂漫绽放的花簇。不久就到了落花时节，花朵随风而散，纷纷飘落海中，镶嵌在海面上随波而去，又逐浪而返回至岸边。这里是东北地区的某所中学，樱花旁的沙滩直接是校园的一部分。我其实也没好好学习备考，但好歹顺利考上了这所中学。学校制帽的徽章、制服的纽扣上，都有樱花开放的图案。

我家一个远亲就住在学校附近，也是因为这个，父亲为我选了这所靠海、有樱花的中学。我寄住在亲戚家，反正离校近，听到早礼的钟声后，我才一路跑去上学。虽然是个懒散的学生，但靠着搞笑的本事，我在班上的人气还与日俱增了。

有生以来第一次远赴他乡，对我来说，在这他乡比在出生的故乡过得舒服多了。或许可以推断，那是因为当时我的搞笑之术已日臻化境，蒙人一事不必像从前那样费劲了。然而，不得不说可能更多是因为在亲人与他人、故乡与他乡之间，演技存在着难易之差。不管是什么天才，即便对于神子耶稣，此等难易差别也依然存在吧。对演员而言，最难演的是在故乡的剧场，而且是面对七大姑八大姨，大小亲戚都齐齐坐在一屋子的时候，再有名的演员也谈不上什么演技了吧。不过我总算一路演下来了，而且是大获成功。如此老手，来到他乡，那是万无一失，绝无可能演砸的。

我对他人的恐惧，与之前相比有过之而无不及，在心底激烈悸动。但同时我的演技也着实日日精进，在教室总是逗得班上同学笑个不停。老师也感叹说，这班上要是没大庭这号主儿，一定是个好班级……边说边掩着嘴窃笑。连那个咆声如雷的驻校军官，我也能轻而易举地让他喷饭大笑。

看，我已能把真实面目完全隐藏起来了——当我正要松口气时，却出乎意料地被人从背后戳了一刀。戳我的人是班里公认身体最瘦弱的男生。他脸色浮肿发青，身上穿的肯定是父亲或哥哥的旧衣服，上衣宽长的衣袖像圣德太子似的。功课一丁点不会，军训和体操课总像白痴一样只是从旁观看。所以，连我也从来没想过要提防他。

那天体操课上,那个男生（姓什么已记不清了，记得名字叫竹一），竹一君，跟平常一样在旁边观看，而我们都在练习翻单杠。我故意装出尽量严肃的表情，朝着单杠，“嗨”一声蹦起，像跳远似的往前一扑，结果扑了个空，咚地一屁股坐在沙池上。这一幕，是个预先算计好的失败，果然逗得大家全都捧腹大笑。我也一边苦笑着，一边站起身来拍掉裤子上的沙子，这时——那个竹一也不知啥时来到我身后的，他往我后脊梁戳了戳，低声嘀咕了一句：

“故意的，故意的。”

我浑身一震。天网恢恢，我故意失败这伎俩，做梦也没想到会被竹一识穿。犹如眼前看见世界一瞬间被地狱之火包围，熊熊燃烧，我拼命抑制着自己，几乎要“哇——”一声发疯似的大叫起来。

在那之后，我每天都陷于不安和恐怖当中。

表面上我依旧扮演着搞笑角色逗大家笑，可不经意间就情不自禁地发出一声沉闷的叹息。不管做什么，一切都要被竹一统统识破，以后那家伙所到之处，不管逮着谁，一定都会把这事透露出去——这么一想，我额头就直冒冷汗，用疯子般怪异的眼神，茫然地环顾四周。可能的话，无论早午晚，我甚至想二十四小时都寸步不离地跟着竹一，监视他，以防他信口开河泄露秘密。就这样，与他纠缠的这段时间，我竭尽全力让他确信我的搞笑不是所谓“故意的”，而是真的。倘若得计，我还想与他成为亲密无间的哥们儿。如果这些都不可能，那我只能钻牛角尖，咒他一命呜呼了。可实际上，再怎么样我也没杀死他的念头。在过去的生涯中，我倒是有好几次想被人杀死，但从没想过要杀死别人。因为我认为这样做，反倒会给可怕的对手带来幸福。

为了降服他，我首先伪装出基督徒似的满脸“优雅”媚笑，脖子向左斜倾三十度，轻轻搂着他瘦削的肩膀，柔声细语地屡次邀他到我寄宿的家来玩。而他每次都眼神茫然，默不作声。记得那年初夏时节，有一天放学后，下午一阵白撞雨，挡住了学生们回家的脚步。我家住在附近无所谓，一下子就往外冲出去了，这时猛然发现竹一无精打采地站在门口那排木屐柜旁边，于是我说："走吧，我借把伞给你。"竹一还有点畏缩，我便一把拉住他的手，一起在雨中奔跑到家，拜托阿姨烘干我们的上衣，终于成功地将竹一邀到了我二楼的房间。

亲戚家里只有母女三人，年过半百的阿姨和她两个女儿。大女儿年届三十，戴眼镜，长得高，身体似乎有病（这个女儿曾一度嫁到外地，后来又回到娘家来了。我随家里其他人称她大姐），小女儿最近刚从女校毕业，名叫小节，她不像她姐姐，小个头，圆脸。楼下的店铺里摆着一些文具和运动物品，家里主要的收入来源，好像是靠去世的男主人留下的五六栋长排屋的租金。

"耳朵疼。"

竹一站着说道。

"淋了雨就疼了呗。"

我给他看了看耳朵，两侧耳朵都有黏液，脓几乎要从外耳流出来。

"这可不行啊，很疼吧。"

我装得惊慌失措，说：

“哎呀，下着大雨把你拉来，对不起啊！”

我用女人语气“温柔”地表示了歉意，到楼下取了棉球和酒精，让竹一躺下来枕在我膝盖上，聚精会神地给他清扫起耳朵来。就连竹一，也没觉察到这是我伪善的恶计。

“你肯定要被女人迷恋的。”

竹一枕在我膝上，傻乎乎地说着奉承话。

然而，连竹一自己也没意识到，这句话简直就像恶魔的预言一样，多年之后我对此才幡然醒悟。迷恋别人、被别人迷恋——这种说法极没品，有种捉弄人、自鸣得意的感觉。无论在如何“严肃”的场合，这句话一旦冒出，眼前忧郁的圣殿将即刻崩坏成废墟，片瓦无存。倘若不使用“被迷恋之苦”这等俗词，而换成“被爱的不安”这样的文学词语，似乎忧郁的圣殿未必会轰然倒下。想来真是奇妙。

竹一让我处理干净耳朵流出的脓，说罢“你肯定要被女人迷恋的”那句荒唐话，我已满脸通红，笑笑没接话，实际上心里觉得些许被说中了。对于“被人迷恋”这样粗鄙的言语，以及随之而来自鸣得意的氛围，我“心里觉得些许被说中了”——这是我为了愚蠢的感情流露而写的，简直比相声少班主说的台词还要荒唐。实际上，我怎么会那样玩世不恭、扬扬得意地认为“被说中了”呢。

对我来说，女人比男人还要数倍难懂。自己家中，女人比男人多，亲戚里也很多女人，还有前面提到的“犯罪”的女用人。小时候，我就是在女人堆里长大的，这样说也不为过。但实际上，我是怀着如履薄冰的心情跟那些女人打交道过来的。她们简直不可捉摸，倘若在五里雾中误踩虎尾的话，后果很严重。而且这种失败与受男人鞭笞不同，犹如内出血一般苦痛猛烈攻心，伤病难于治愈。

女人时而勾引我，时而又弃我不顾，人前鄙视我，作弄我，而没有人时，又紧紧抱我。女人像死了一般沉睡，女人大概活着是为了睡觉吧。如此种种对女人的观察，我幼年时代就颇有心得。同样是人类，女人和男人相比是完全迥异的生物，这个难以理解而须小心提防的生物却又奇妙地照看着我。“被人迷恋”这句话，还有“被人喜欢”这句话，与我一点也不相衬，说“被人照顾”，也许才更符合我的实际情况。

对于搞笑，似乎女人比男人更能轻松接受。男人对我的搞笑，的确不会一直哈哈大笑，而我也深知搞笑时太得意忘形的话就会露马脚，一定要注意演得差不多了就停止。但女人却不知适可而止，总是一而再，再而三地要我搞笑，这种没完没了的要求令我应对不暇，疲于奔命。她们真能笑啊。说到底，女人似乎比男人对快乐更贪得无厌。

我中学时代寄宿那亲戚家的大女儿和小女儿，一有空闲就跑到二楼我的房间，每次都吓得我跳起来，心惊胆战。

“你在学习啊？”

“没有啊。”我微笑着把书本合上，“今天在学校啊，有个地理老师，叫棍哥……”

我又口若悬河，说起无心无肺的滑稽笑话。

有天晚上，妹妹小节和姐姐一起来我房间玩，让我不停说笑话，最后说了这么一句：

“小叶，戴上眼镜看看。”

“为啥？”

“你别问，戴上看，就戴姐姐那副眼镜！”

无论什么时候，她总是以这种粗暴的命令语气说话。我这个滑稽小丑，就乖乖听话戴上了姐姐的眼镜。才戴好，两姐妹顿时捧腹笑翻了。

“一模一样！跟劳埃德一个样！”

哈罗德·劳埃德是当时流行的外国喜剧电影里的演员，在日本很有人气。

我站起来，举起一只手，说：

“诸位！本次我向日本的影迷们……”

我试着演一场致辞，她们更是大笑不止。从那以后，每逢劳埃德的电影来镇里上演，我都去看，暗自研究、模仿他的表情举止。

有个秋天的夜晚，我躺着看书时，姐姐像只鸟似的飞进我房间，突然倒在我被子上哭起来。

“小叶，你会帮我的是吧？一起离开这个家吧，嗯，一起出走，帮帮我吧，帮帮我！”

她激动地说完，又在哭。然而，女人这样的态度，我可不是第一次看到。姐姐激动的言语，我听了也不吃惊，反而觉得内容陈腐，毫无兴致。我轻轻地从被子里抽出身来，剥了桌上的柿子，递了一块给她。她一边抽泣一边吃着，说：

“有没有好看的书啊？借本给我吧。”

我于是从书架上选了一本取下来，是夏目漱石的《我是猫》。

“柿子，谢谢了。”

姐姐羞涩笑着走出了房间。不光是这个姐姐，说到底女人究竟是以什么样的心情活着？这个问题如探幽索微，太复杂、烦琐，让人略感不安。不过，我从小就有经验，遇到女人突然哭起来那样的事儿，递给她一点甜食，吃了她情绪马上就会好转。

又有一次，小节妹妹连她的朋友也一起带到我房间里来了，我照例讲着笑话逗乐她们每一位。小伙伴们离开后，小节总讲她们的坏话，必定说什么那人是个坏女孩，小心她哟，等等。既然如此，何必带她过来呢？托小节的福，到我房间的客人，几乎统统都是女性。

不过，竹一所说的我“被人迷恋”一事，到那会儿绝对还没实现。就是说，那时我只不过是日本东北地区的哈罗德·劳埃德罢了。竹一随口说的那句奉承话，是讳莫如深的预言，并且几年之后，它栩栩如生，呈现出不吉祥的样貌。

竹一还另外给了我一个贵重的礼物。

“这是幅妖怪的画。”

有一回竹一来我二楼房间玩时，带了一幅原色版的卷首插画给我看，一脸得意地解释着。

咦？我脑海一闪，那瞬间似乎我未来的人生道路被决定了似的，多年以后我越发认识到这一点。我知道这幅画，不过就是梵高的自画像。在我们少年时代，法国所谓印象派的画作在日本非常流行，鉴赏西洋画的第一步就是从这方面开始，梵高、高更、塞尚、雷诺阿等人的画作，连乡下的中学生大概也都看过这些画的写真版，知道这些个画。我自己也看过很多原色版的梵高画作，其笔触的意趣、鲜艳的色彩让我觉得兴味盎然。但我从来没想过，那是一幅妖怪的画。

“那么，这种画又如何？也是妖怪？”

我从书架上取下莫迪利亚尼的画集，把一幅皮肤晒成古铜色的裸妇画拿给竹一看。

“太厉害了啊！”竹一瞪圆了眼睛感叹道，“像地狱的马。”

“画的还是妖怪吧？”

“我也想画这样的妖怪画呀。”

人越是害怕他人，反而越是渴望亲眼真切地看到恐怖的妖怪。越是神经质的、处事胆怯的人，心理上就越是祈求暴风雨来得猛烈些。唉，这群画家，受尽了人这种妖怪的伤害和恐吓，最终相信了幻影，光天化日之下妖怪清晰地浮现在他们眼前。而且他们没有变戏法似的蒙骗，只是把真实所见努力加以表现罢了。竹一说得没错，结果他们画出了“妖怪的画”。我兴奋得热泪盈眶，没想到，在这里遇到了我将来的同志。

“我也要画，画妖怪的画，画那地狱的马。”

不知为何，我声音压得很低，对竹一说。

我从小学起就喜欢看画和画画。但我的画作不如我写的作文，后者得到周围人更多的赞赏。我对他人说的话根本就不信任，因此把写作文当作搞笑的开场白似的，在小学、中学期间，一直让老师们大为开心，但我自己却一点也不觉得有趣。我只对绘画（漫画等另当别论）真正上心。我打小就对如何描绘和表现对象煞费苦心，颇有自己的风格。学校图画课的画本没什么意思，老师的画又太差劲，我不得不自己费工夫胡乱尝试各种表现画法。进中学后，我已备齐各式油画道具，从印象画派的画风中探寻画技手法。但我画出来的，简直像折纸人偶似的平白无奇，实在是不像样。不过依着竹一所言，我意识到之前对绘画的心得看法完全弄错了。把美的东西中原原本本的美表现出来，这种努力看来幼稚而愚蠢。大师们主观地根据平淡之物创造出美，即或面对令人作呕的丑物，也不掩其趣，一心沉浸于表达的喜乐当中。就是说，竹一教给了我这种完全不依赖人为思虑的原始的绘画秘法。于是我便背着那些来访的女孩们，一点点地开始着手画我的自画像了。

完成的自画像，自己看了也吓了一跳，但这才是自己一味隐匿的真实面目——表面上笑得很阳光，也逗人发笑，实际上里面是颗阴郁的心。确实是我，我私下如此肯定。但这幅自画像，除了竹一外，没给其他人看过，我担心别人看见了会识破我搞笑背后的阴暗一面，也不想因此被人挖苦和提防。还有一个担心，或许别人看了也没发现这是我的真正面目，反而将此认作是我搞笑的新花样，这就太令人难堪了。所以我把这张画马上塞到壁柜深处去了。

另一方面，在学校的绘画课上，我把那所谓“妖怪式画法”深藏起来，依旧如先前一样，依美画美，尽是些平庸的画技。

我一直以来易受伤害的神经，只在竹一面前可以毫无顾忌地显现，这次的自画像给他看我也觉得安心。他看了大为夸赞，我于是又接连画了第二张、第三张妖怪风格的画。这回竹一看了又给了我另一个预言：

“你会成为伟大的画家。”

被女人迷恋、成为伟大的画家——这两个预言，被竹一这傻小子刻在了我额上。不久以后，我就踏上去东京的路了。

我是想进美术学校的，而我父亲一直打算把我弄进高等学校，将来成为官员，这层意思他跟我明确地提过。我生性不敢顶嘴，也就不置可否地顺从了。父亲让我读完四年级就去考考看。我那时对海边有樱花的这所中学也多少厌烦了，结果没升读五年级，念完四年就直接报考并考上了东京的高等学校，马上开始了学校的寄宿生活。然而，因为应付不来宿舍生活的肮脏和粗暴，搞笑就先别说了，我请医生开了肺部浸润的诊断书，离开宿舍搬到上野樱木町的别墅去了。我无论怎样都过不了集体生活，什么青春的感动，什么年轻的自豪，听到这样的言词就浑身发冷。那什么“高中精神”就饶了我吧，我跟不上趟。我甚至觉得不管教室还是宿舍，到处像是变态性欲的垃圾堆，我那几乎完美的搞笑招数，在这派不上任何用场。

议会休会期间，父亲每个月只有一两周时间住在别墅家里。他外出不在的时候，那么宽大的屋子里，只住着看管别墅的老夫妇和我三个人。我时不时逃学，可也没心情在东京到处逛（好像最终我也没去看过明治神宫、楠木正成的铜像、泉岳寺四十七志士墓），一整天窝在家里看书、画画。父亲来东京的日子，我每天早上就匆匆忙忙赶去上学，但有时也会到住在本乡千驮木町的西洋画家安田新太郎的画塾那去上课，练习素描，画上三四个小时。从高等学校的宿舍搬出来后，就连去上课我也像个旁听生似的，坐在特别的位置上，这或许是由于自己的乖僻，总感觉提不起劲儿，这样一来我更懒得去上学了。从小学、中学、高等学校，一路走来我终归还是理解不了爱校之心、校歌什么的，从没想过要去学会它。

过了不久，从画塾的一个学画的学生那里，我学会了抽烟喝酒、当铺、妓女以及左翼思想。这几样组合在一起很奇怪，然而它却是事实。

这个学画的学生，名叫堀木正雄，他出生于东京的庶民区，比我大六岁，据说从某私立美术学校毕业，因为家中没有画室，便每天到画塾来继续学习西洋画。

“能借我五元钱吗？”

我和他只是认识而已，还从没说过话，于是我慌忙掏出五块钱递给他。

“好嘞，喝酒去！我请客。你这家伙不错！”

我无法拒绝，被他拉拽着去了画塾附近蓬莱町的一个咖啡店[1]。我和他的交往就这样开始了。

“早就注意你啦！看看，就是你这腼腆的微笑，那是有前途的艺术家特有的表情！为我们的相识，干杯！小绢，这小子是个美男子吧？迷上他可不行呀！就因这小子来了画塾，很遗憾，我降成美男二号了！”

堀木脸色稍黑，五官端正，穿一身整齐的西装，戴一条朴素的领带，这种装扮在学画的学生中可是少见。而且他抹了发油，头发中分，紧贴在头上。

这种场所我不习惯，只觉一阵恐惧，两手一会交叉一会松开，但还是一脸害羞，强装笑容。两三杯啤酒下肚后，才感到奇妙地放松了。

“我一直想进美术学校来着……”

“唉，没劲，那种地方很没劲。学校没意思。我们的老师

1　日本大正末年、昭和初年的所谓咖啡店，实际业态是从事餐饮和风俗业，并非是单纯喝咖啡的地方。

在大自然里！在大自然的激情里！”

不过，我对他所说的事一点也没有心生敬意。这个蠢人，我想他画画肯定也很差劲，但作为玩伴是挺不错的。就是说，我那时平生第一次，见识了大城市的无赖。即便外形上他们与自己不同，但就完全游离于人世的营生之外且处于迷茫之中这一点来说，我们却是同类之人。不过，他在无意识地搞笑，而且全然没发现搞笑背面的悲惨，这一点我们两人本质上截然不同。

我觉得跟他交往只是玩玩，玩伴罢了，因而总是鄙视他，跟他交往有时甚至觉得羞耻。但日复一日跟他一起四处闲逛，最后竟然也被他击溃了。

一开始，我认准这哥们是个好人，少见的好人，连自己这样害怕他人的，也完全疏忽大意，只觉得总算认识了一个不错的东京向导。其实，我独自一人坐电车时觉得乘务员可怕；想去看歌舞伎演出，可大门口铺着红地毯，楼梯两侧站满了领路的姑娘，我觉得她们可怕；在餐厅用餐，侍者悄悄站在背后，等着取走吃光的餐盘，我也觉得可怕，特别是结账时，唉，我那瑟缩的手势就别提了。买东西付钱时，我也不是舍不得钱，而是因为太紧张，太羞涩，甚至太不安，太恐惧了，我感到天旋地转，世界变得一片黑暗，人都快半疯了，别说砍价，忘记拿找回的零钱，连买好的东西也忘记拿的事，经常发生。这个样子可没法一个人把东京逛下来，只好一天到晚窝在家中闲待着。

于是一起逛街时我干脆把钱包交给堀木，他砍价够狠，会玩，一点钱也能发挥出最大的效益。他对昂贵的出租车敬而远之，而电车、公共汽车、小客船，什么合适坐什么，反正最短时间到达目的地，这方面他真有两下子。而且他还不时对我进行实地教育，诸如清晨从妓女那儿回来的路上，可经过某某酒店泡个澡，吃个豆腐锅，喝口小酒，花钱少还显得奢华。他还劝我吃大排档的牛肉饭、烤串，价格便宜但营养丰富。另外，他打包票说，要想快点喝醉，非“电气白兰”[1]莫属。总之，就付钱结账而言，他从没让我感到过一分一毫的不安和恐惧。

与堀木交往，我还得到一样好处。他跟人说话时完全无视对方的感受，一味热情四射（或许，热情就是个无视对方感受的东西），一整天不管啥时候都在喋喋不休地絮叨无聊之事，两人一起走路，走累了也绝不会有无话可说而陷入冷场的窘迫。跟人交谈时，我往往害怕出现冷场，虽然自己天生寡言，在这场合下也只能拼命地说笑话救场。现在可好，堀木这蠢蛋，无意中主动演起搞笑的角色，我就那么随意听着，随口附和着，偶尔回应一句“真的吗”，再笑上一笑，就足够了。

不久后我也明白了。烟、酒、妓女，都是掩饰对他人恐惧的极好手段，哪怕这只是一时片刻的忘却。为求得这种手段，

1　明治时代诞生的一种白兰地鸡尾酒，源于东京浅草一个叫“神谷吧”的酒吧。

我甚至卖掉自己的所有家当也无怨无悔。妓女对于我来说，既不是人，也不是女性，好像是白痴或疯子，在她们怀中，我反而安心极了，能熟睡一觉。说来可悲，我对她们一丁点欲望都没有，而她们似乎出于一种同类的亲切感，总是对我表示出轻松的、自然的好意。那是毫无算计的好意，毫不强加于人的好意，是对一期一会之人的好意。黑夜里，从这些白痴或疯子般的妓女身上，我在现实中看到了环绕玛利亚的圣光。

然而我为了逃避对他人的恐惧，求得一夜安息，而到她们那里找自己的“同类”，和妓女一起游玩，不知不觉从周身飘散出某种可怖的氛围。它好比一本杂志完全没预想到的“随赠附录”，却渐渐地变作鲜明的封面。被堀木指出这点后，我先是愕然，继而感到厌烦。从旁人看来，通俗地说，我是从妓女处修得了与女人相处之术，而且近来功力倍增。据说从妓女身上修炼此道最难，因而成效也最高，而我已有了“情场老手”的范儿，女人（不限于妓女）往往由其本能驱使，冲着那种气息就靠过来了。这种猥亵而不体面的氛围——我的“随赠附录”，比起我所求的一夜安息，似乎惹人注目得多。

堀木所言或许一半是恭维话，但我意识到有些事被他说中了，颇感沉重。比方说，记得我曾收到过咖啡店女招待稚拙的信；每天早晨上学时经过樱木町邻居一位将军的家，他年届二十的女儿，明明别无他事，却故意化了薄妆在门口进进出出；去吃牛肉饭时，我虽默不作声，可那女招待却……还有，我老去买烟的那铺里的姑娘，递给我的香烟盒中……还有，去看歌舞伎演出，邻座的女孩竟然……还有，坐在深夜的市营电车上，我烂醉如泥时……还有，乡下亲戚家的女儿，出乎意料地寄来思念情切的信……还有，都不知是哪个女孩，我不在家时送来看似亲手做的人偶……由于我这个人极度消极，这些都是没有下文的事，仅仅是一个片段，接下来便没半点进展了。然而不可否定，我身上总飘绕着令女人魂牵梦绕的氛围，这一点绝不是自我炫耀、随口乱说的笑话。相反，被堀木这样的人一语中的，感受到屈辱之苦的同时，与妓女游乐之事也变得索然无味了。

堀木出于赶时髦的虚荣心（对这家伙，我至今认为除此以外找不到任何理由），有一天，他把我带到一个名叫“共产主义读书小组”（好像叫R·S，记得不太清楚）的秘密研究会。对他来说，秘密的研究集会或许是他“东京导游”的其中一项。我被介绍给所谓的“同志”，买了一本小册子，然后由坐在上座的一个长相丑陋的青年给我们讲授马克思经济学。那些内容我太明白了，道理固然不错，但人心难测，而且可怕。说那是欲望，不全尽然，说是虚荣也不全对，把色情和欲望列在一起说，也难道足。看来我自己是搞不明白了。人世间的基础不单有经济，我觉得还有些奇妙怪异的东西，而我自己对这种怪异妖气之谈无比害怕。它一方面自然而然地肯定唯物论中水往低处流的道理，但另一方面又不能把目光投向绿叶，从对他人的恐惧中解放出来，感受充满希望的喜悦。不过，R·S（记得是这样，但也有可能错了）的集会我一次也没缺席过。“同志”们如临大事般聚在一起，表情严肃地埋头于那些一加一等于二、初级算术似的理论研究，看到那滑稽的情景令人忍俊不禁。我也会顺带发挥一下搞笑本领，尽力缓解会场的紧张气氛，可能是由于此举，研究会的气氛也逐渐宽松些了，而我甚至变成了在那种场合下不可或缺的存在。看上去单纯的同志们，也许认为我这个“同志”也跟他们差不多一样单纯、乐观、诙谐吧。若真如此，我可是从头到尾把他们都骗了。我不是他们的同志。尽管如此，我一直以来从不缺席那些个研究会，总是不停地奉献我的搞笑服务。

因为我喜欢，我喜欢他们。但这并非是源于大家信仰马克思主义而结成的亲爱感情。

它的非法性使我暗自感到几分快乐。不，不如说使我感到舒畅。世上所谓合法的东西，反而让我害怕（那些东西让我预感到它们深不见底的强大），因为其构造复杂而不可解，犹如阴冷无窗的屋内，断难久坐。而外面即便是非法的大海，我也会毫不犹豫地跳入其中，就算游到力尽而亡，相比之下也来得更痛快一些。

有个词，叫“见不得光的人”，专指世间那些悲惨的失败者、道德败坏者。我从小就一直觉得自己是这种人，但凡遇到被世人认作此等人的，我必以温柔之心相待。这颗“温柔之心”，温柔得我自己也万分陶醉。

另外有个词，叫“罪犯意识”。我觉得人生在世，一辈子都被这种意识折磨。然而它又如糟糠之妻一般，是人生的好伴侣。与这伙计落寞相对、游戏人生，也许是我对生活采取的一种姿态吧。俗话说，“人有难言之隐”，我体内的伤痛，从婴孩时起就已伤口外露，及至长大，别说愈合了，伤口反而越来越深，直达胫骨，每个夜里的痛苦仿若千变万化的地狱。话虽如此，我感觉这个伤口逐渐变得比自己的血肉还亲（这说法相当奇妙），而伤的痛楚仿佛成为它鲜活的情感，又如爱情的喃喃私语。对我这种男人来说，地下活动小组的气氛不知怎的让我感到安心、舒服。就是说，比起活动本来的目的，活动的性质更适合我。至于堀木，他只是傻乎乎瞎起哄，为了介绍我只去了一次集会活动，还驴头不对马嘴地调侃什么“马克思主义者不仅要研究生产问题，同时也要对消费问题有所洞察”，之后就没影了，反而一味地拉着我去考察这样那样“消费方面的状况”。回想起来，那时候的马克思主义者真是五花八门，既有堀木那样标榜时髦虚荣、自我吹嘘的，也有我这样只是因喜欢“不合法”的氛围而静待其中的。倘若这个真实面目被真正的马克思主义信仰者识破，堀木和我，一定会遭到烈火般的批判，被视作卑劣的叛徒而立即驱逐出组织吧。然而我，甚至堀木，根本没被处分开除。尤其是我，待在那“非法”世界，比绅士们的合法世界待得更舒服自在，可以所谓“健康”成长。

因此他们认为我是个有前途的“同志”，委托我做各种极度机密的工作，想来让人忍俊不禁。实际上，我总是平静地接受每一个任务，一次也没拒绝过，而且从没因为行动怪异而被“狗”（“同志”们对警察的称呼）怀疑而遭到盘问，总是笑着，或逗别人笑着，就把他们称之为“危险”（参加运动的那些人，紧张起来如临大敌，其行动像是侦探小说的拙劣模仿，极度警惕。受委托的都是极其琐碎的小事，而令人瞠目的是他们却认为很危险）的工作，反正毫无差错地完成了。以我当时的心情，成为一名党员，即便被捕终生坐牢，我也不当一回事。我甚至觉得，与其害怕过世人的“现实生活”，每晚辗转难眠，在地狱中呻吟，还不如在牢里更痛快舒畅些呢。

父亲住在樱木町别墅的日子里，不是有客人来就是外出办事，待在家有时一连三四天都不打照面。不管怎么说，父亲是个难以亲近、让人恐惧的人，我一直有搬出这个家另找地方住的想法，可就是说不出口，直到有一天听别墅的管家说，父亲好像打算把别墅卖掉。

父亲的议员任期即将届满，一定出于各种事由吧，父亲看来无意继续下届参选。而且他在故乡已盖了一栋房子作隐退养老之用，对东京似乎并无多少留恋。大概父亲也觉得为我这个高等学校的学生留置房子和用人，有点浪费（跟世上其他人的心情一样，父亲的心情我也弄不清楚），总之，过了不久那个家就被转手卖了，我搬到了本乡森川町名叫“仙游馆”的旧公寓一个阴暗房间里。很快，我手头就拮据起来了。

以前，父亲每个月都给我固定数目的零花钱，即便我两三天就把钱花完，家里烟、酒、奶酪、水果等也一直都有，而书、文具、衣服等，也随时可到附近小店赊账购得。要是请堀木吃荞麦面或天妇罗饭，我就去街上那家父亲常关照的餐馆，吃完了不吭声抬脚走人也没问题。

现在突然变成了一个人的寄宿生活，所有花费都必须靠那每月定额的汇款，这下可就为难了。汇来的钱我还是两三天就花个精光，为此战战兢兢，不安得快疯了。于是我轮番给父亲、大哥和姐姐发短电报，写长信（信中所述之事，几无例外全属滑稽虚构。我盘算着，托人办事，先博得其莞尔，是为上策吧）；另一方面，我在堀木的教唆下，开始频繁地光顾当铺。即便如此，钱到用时仍旧捉襟见肘。

归根结底，我实在没能力无亲无故地一个人在公寓“生活”下去。我害怕在寄宿的房间里独自待着，好像时刻会有谁突袭我，给我一闷棍。于是我逃到街上帮忙做“运动”的工作，或者跟堀木一起逛大街喝劣酒，总之学业和绘画都几乎荒废了。高等学校入学第二年的十一月，我和比我年长的有夫之妇发生了殉情事件。从那时起，我的命运陡然改变了。

我逃学旷课，一点也没用功学习，可奇妙的是每次考试我都答得不错，对故乡的家人总算一路蒙混下来了。但因为缺勤太多，逐渐瞒不住了，学校似乎私下通知了在故乡的父亲。大哥代表父亲，给我寄来了一封语气严厉的长信。不过比起信来我更直接感到痛苦的，是缺钱，另外就是“运动”的事越来越激烈和忙碌，已非抱着半玩儿的心态可以做得了的。说是中央地区，还是什么地区，反正包括本乡、小石川、下谷、神田一带的所有学校——我成了负责这些地方的马克思学生行动队队长。听到要搞武装起义，我就买了把小刀（现在想起来，那是把连削铅笔也嫌不利索的薄刀），藏进雨衣的口袋里，四处奔走，进行所谓“联络”的工作。想喝顿酒倒头大睡，可是手头又没钱，而且P（记得是这样称呼党，但也有可能记错）下达的工作一件接一件，连喘息的工夫都没有，以我这羸弱的身体，不太像能撑得住。本来就只是对非法性感兴趣而帮忙小组的活动，谁知弄假成真，突然忙得停不下来，我内心真禁不住对P的成员感到厌烦：你们找错人了吧？去找你们直系成员去啊。最终我逃了。逃是逃了，但心情极度低落，产生了死的念头。

那时，对我抱有特别好感的女人，有三个。一个是我寄宿的仙游馆老板的女儿。每当我帮忙搞那个组织的活动，筋疲力尽回到家，饭也不吃就睡下时，她必定拿着信纸和钢笔来到我房间，说：

“打扰了，妹妹和弟弟在楼下太吵了，我没法好好写信。”

说完就在我桌前坐下来，写上一个多小时。

我本来可以佯装不知，我睡我的，但看那姑娘的神情好像很想让我说些什么，我那一贯被动的奉献精神就又发挥出来，明明一句话都不想说，但还是撑着快散架了的身体，强打精神翻身趴着，抽起香烟。

“听说有男人把女人寄来的情书烧水洗澡呢。”

“啊？讨厌，是你吧？”

“我用情书煮过牛奶。”

“厉害啊，你尽管喝吧。”

这人怎么还不走啊。装模作样写什么信啊？让人一眼就看穿了，肯定在那乱画涂鸦吧。

“把信给我看看！”

其实打死我也不想看，但这么一说，她扭扭捏捏地应着“哎呀，不给看，哎呀，不给看”，一边却掩饰不住满脸喜色，让人不忍卒看，倍觉扫兴。于是我想是否打发她去办点事：

“对不起，能不能去趟电车经过的那大街上的药店，帮我买点安眠药啊？我累趴了，脸上发烫，反而睡不着。对不起啊，钱……”

“没事啦，什么钱不钱的！”

说罢她高高兴兴地起身走了。我历来深谙此道，让女人帮忙做事，她绝不会丧气，相反，被男人有事相求，女人是很开心的。

另外一个女人是女子师范学校的文科生，是我所谓的“同志”。因为搞“运动”的工作，不管喜欢与否，每天都会见面。

碰头会议开完之后，无论走到哪，她总跟着我，还不停地给我买东西。

“把我当作你亲姐姐好了！”

这装腔作势的话，我听了浑身一激灵。

“我正是那样想的。”

我装出略带一丝忧郁微笑的表情说道。无论如何，不能把她搞怒了，太可怕，必须使出浑身解数蒙混过去，这是我唯一的想法。我越来越自觉地讨好这个讨厌的丑女人，任由她给我买东西（她尽买些品味差的东西，我几乎是一掉头就都送给烧烤店老板等人），装出高兴的样子，不停地说笑话逗她笑。有个夏天晚上，不管怎样她都没有离开的意思，我一心只想打发她回去，于是在街头的阴暗一角亲吻了她。谁知她竟把羞耻抛在脑后，兴奋若狂，马上打出租车把我带到了一栋楼里为地下工作租借的办公室。结果在那个窄小的西式房间里，一直折腾到第二天早晨。我暗自苦笑：这是个什么姐们啊。

不管是寄宿公寓那个女人，还是这个女“同志”，实际情况是，无论如何每天都要打照面。与之前那些女人们不同，这次我是避无可避。于是我内心不安，一点点地越陷越深，只顾拼命地讨好这两个女人，如同被五花大绑、牢牢捆住一般了。

在同一时期，银座一家大咖啡店有一个女招待，对我恩宠有加，虽然只见过一面，我却因为感念那女人的恩惠，以至于被束缚得动弹不得，感到担心和莫名的害怕。那时候就算没有堀木这个向导，我也会独自坐电车了，也知道怎么去看歌舞伎演出，还懂得穿着飞白花纹和服，装出一副足够让我进得了咖啡店的厚脸皮。我内心依旧对人类的自信和暴力感到迷茫、恐惧和烦恼，但至少表面上一步步学会了认真跟人说话打招呼。不对，其实我这人不装出一副搞笑失败的苦笑脸，就跟人接不上话。总之，好歹我也学会懵懂、结巴地跟人寒暄几句的"伎俩"了。这也许要归功于搞运动四处奔波？抑或因为女人？因为酒？不过，这主要还是因为兜里没钱，不得已苦修渐成的吧。我不管在哪里总觉得害怕，不如去大咖啡店，混迹在众多醉客、女招待、男侍应中间，我身体里这颗忙于逃避的心，反倒可以沉静下来吧？这么一想，我便揣上十块钱，一个人走进了那家大咖啡店，笑着对招呼自己的女招待说：

"我只有十块钱，你看着办。"

"不用担心。"

女招待说话带点关西口音，就这么一句话，奇妙地让我那颤抖胆怯的心平静了下来。我想，那并非因为这下不用担心钱了，而是在她身边待着，感觉没什么好担忧的。

我喝了酒。对这个女人我心里感到踏实，反而不会动心思去演个搞笑段子。我在她面前毫无保留，呈露了自己寡言阴郁的本来面目，只是默默地喝酒。

"这些菜，喜欢吃吗？"

女人把各式菜肴摆在我面前。我摇了摇头。

“只喝酒？好，我也喝。”

那是个寒冷的秋夜。我记得她名叫恒子（她自己说是这个名字。我记忆有点模糊，不一定准确。我这个人，竟然连一起殉情的女人的名字也记不清楚）。我按照她的意思，来到银座背街的一个寿司大排档，一边吃着难以下咽的寿司（店家的名字记不清楚，可不知为何那顿寿司的难吃劲儿却清晰地留在脑海里。店老板长着跟大青蛇一般的脸孔，剃光头，摇头晃脑，装得很熟练似的捏着寿司——这景象至今历历在目。多年以后，常常在坐电车什么的时候，看到某人面孔好像眼熟，想来想去才想起来，嘿，那不就是寿司大排档老板那张脸吗？于是只好又苦笑一番。如今，女人的名字、相貌已从记忆中远逝，唯独我脑海里的寿司店老板的面相却如印在画上般清晰而准确，这足以说明那顿寿司是多么难吃，让我倍感寒冷和痛苦。以前即便跟人去有口皆碑的寿司店尝鲜，我也从来没觉得寿司有多好吃，那些寿司都太大块儿了。我总想，难道不能把寿司用劲儿捏成拇指一般大小吗？），一边等她。

她租住在本所一个木匠家的楼上。在二楼她的房间里，我毫不掩饰平素自己阴郁的内心，一只手托住下巴，呷着茶，好像牙痛得厉害的模样。我这个姿态，她反而显得很喜欢。她这人好像身旁有冷风旋起，落叶纷飞似的，给人的感觉是个完全孤立着的女人。

一起休息时，她跟我絮叨起她的身世故事。她比我大两岁，故乡在广岛。她说她有个丈夫，之前在广岛开理发店，去年春天两个人一块儿逃出家来到了东京。丈夫在东京没找到什么正经工作，不久就被人告了诈骗罪，现在在坐牢。她每天去给他送这送那，像到局子里上班似的。她决定打明天起不去了。不知怎的，我这人本来就对女人的私房话毫无兴趣，或许是因为女人讲话的方式不对，颠三倒四的抓不住重点，总之，这类话我总当作耳边风。

寂寞。

与其细听女人千头万绪的身世秘话，我宁可听她一句这样的喃喃自语，那更能引起我的共鸣。然而，纵然有此期待，我却从未听过世上的女人说这样的话，这着实让人觉得奇怪、不可思议。她固然没有开口说过"寂寞"这句话，但她的身体轮廓外侧，笼罩着一层一寸厚的气流般的东西，那是无言而深重的寂寞。靠近她身旁，我的身体也被这股气流包围，恰好和我身上那带刺儿而阴郁的气流互相融合，我的身体终于可以如"沉落于水底岩石上的枯叶[1]"一般，从恐惧和不安中解脱出来了。

与躺在那些白痴妓女怀里安心熟睡的感觉完全不同（首先，那些妓女们很快活），我和这个诈骗犯之妻度过的一夜，于我而言，是幸福的（毫不犹豫地、坚定地用这个狂妄的词，

1　内藤丈草（1662—1704）的俳句作品。内藤丈草是俳圣松尾芭蕉的弟子。

在我整篇手记中是绝无仅有的）、身心解放的一夜。

然而，仅此一夜而已。清晨一醒跳起来，我又变回原来那个轻薄的、伪装搞笑的角色。胆小鬼连幸福都惧怕，棉花都能伤了他。被幸福所伤的事情也会发生。趁还没被伤到，赶紧就此分手吧。我焦急起来，又开始四处放那搞笑烟幕弹了。

“有人说‘钱一断，缘就断’，这句话其实解释反了，不是说一旦没钱就会被女人甩了，而是说男人没钱了会意气消沉，提不起劲，连笑声都没了力气，然后变得乖僻，继而自暴自弃，结果是男人把女人给甩了，变成半个疯子，甩了一个又一个，应该是这个意思才对。《金泽大辞林》里也是这么解释的。真可怜，我也明白那种心情。”

我记得，自己确实说了那样的蠢话，把恒子逗得哈哈大笑。我又觉得此处不宜久留，于是脸都没洗赶紧走人了。当时胡说八道的那句“钱一断，缘就断”，没想到后来竟然和我有了瓜葛。

在那之后，我有一个月没去见那一夜的恩人。离开她后，随着日子流逝，快乐慢慢平淡下来，一时所得的恩宠反倒变得可怕起来，不由自主地被束缚住了。甚至那晚咖啡店的账也是让恒子付的，这点俗事也渐渐地使我烦心，于是恒子像那寄宿家的姑娘、女子高等师范的姐们一样，成了我的威胁，虽然离她甚远，我还是感到恐惧不已。而且就我而言，我很害怕再见到那些曾一起睡过的女人，总觉得她们一见面就会对我大发雷霆，因此我对银座这地方越来越敬而远之。不过我这种忧虑恐惧的性格，绝非因为我狡猾，而是因为我发现，夜里睡觉时的女人与早上起床后的女人，两者毫无关联，两相忘却，她们在完全割裂的两个世界活得好好的。对这样不可思议的现象，我尚未能消化理解。

十一月底，我和堀木在神田的大排档喝了廉价酒，这个损友，才走出大排档，又嚷嚷着去哪再喝一顿。明明两人钱都花光了，还要纠缠着喝呀喝的，我那时也喝醉了，胆子壮，说：

“行，我带你去个梦幻国度。别吓着你，那地方叫酒池肉林……”

“咖啡店吗？”

“是啊。”

“走！”

就这样，两个人上了市营电车，堀木兴奋得不行，说：

“哥们今晚，想要女人！在那里亲下女招待，行不？”

我不太喜欢堀木发酒疯的样子，堀木也知道，因此他又特地盯着问：

“行吧，我可真要亲一口！就亲坐在我身边的女招待，你等着看！”

“没问题吧。”

“谢啦！我太想要女人了！”

在银座四丁目下车后，我们到了那所谓“酒池肉林”的大咖啡店。仗着和恒子熟络，我们几乎身无分文地走进去，找了个空包厢和堀木面对面刚坐下，恒子和另一个女招待跑了过来，另外那个女招待坐我旁边，于是恒子就一屁股坐在堀木身旁，我当即吓了一跳——恒子马上要被强吻了。

我并不是感到惋惜。占有欲这东西我本来就相当淡薄，即便偶尔感到可惜，也不敢大胆主张其所有权，无力与他人抗争。日后，甚至发生了妻子被人奸辱，自己却在一旁默默坐视的事。

我一向尽量避开人与人间的摩擦，害怕因此被卷进纠纷之中。恒子和我，一夜露水之情罢了。恒子她并不属于我。我没理由生出惋惜这种自以为是的欲望。不过我还是吓了一跳。

我为即将被堀木一顿狂吻的恒子的身世感到心疼。被堀木玷污过，恒子就不得不和我分手了吧，而我也没那个积极性要把恒子留在身边。啊，一切都结束了。一瞬间我为恒子的遭遇感到吃惊和痛楚，却又马上顺着流水一般放手了。我来回望了堀木和恒子两人，嘿嘿地笑了笑。

但是，事态出乎意料地向更坏的方向发展了。

“罢了！”

堀木撇着嘴说：

“我再怎样，对这寒酸的女人也……”

他咽下去下半句话，抱着胳膊上下打量着恒子，苦笑起来。

“给拿点酒，可我没钱。”

我小声对恒子说道。看到此情此景，实在是想大醉一场。从所谓世俗眼光看来，恒子不过是个寒碜、贫贱的女人，因而连一介醉汉的吻也配不上。这晴天霹雳出乎意料地把我击倒在地。我绝无先例地灌着酒，往死里喝，喝得烂醉，和恒子对望着，悲哀地微笑着。这么说她真只是一个满身疲累而贫贱的女人罢了，而我和她却有穷人间对彼此的亲切感（我至今认为，贫富间的不和尽管陈腐，却是古今戏剧的永恒主题），那种亲切感此刻涌上心头。恒子是多么可爱啊——平生第一次，我察觉到自己由内而外、积极而又微弱的爱情。我喝吐了，酩酊大醉。喝酒醉成这样，以至失去知觉，这还是第一次。

醒来时，恒子坐在枕边。我睡在本所木匠家二楼的房间里。

“钱断缘断，我还以为说着玩的，你是认真的？都不来找我了呀，不说清楚就断了？我赚钱给你，也不行吗？”

“不行。”

后来，女人也睡下了。到天亮时，女人嘴里第一次说出了“死”字。女人对人的营生筋疲力尽了。而世间的恐惧、烦恼、金钱，以及组织的运动，还有女人、学业等，我也越想越觉得难以活下去了。对于她关于死的提议，我轻松地应允了。

不过，当时我对“去死”一事，还没有真正做好思想准备，心里还抱有“玩玩”的潜在意识。

那天上午，我们两人在浅草六区附近游荡，走进一家咖啡店，喝了牛奶。她说：

“你去结账吧。”

我站起来，从袖口掏出小钱包，打开一看，只余三枚铜钱，与其说是羞耻，毋宁说是凄惨的感觉猛然袭来。脑海里立刻浮现出仙游馆的寄宿房间，只剩下学生制服和被褥，全无可典当之物，满眼荒凉。除此之外就是我身上穿的和服、外披了，这就是我所面对的现实。我清晰地意识到，自己没活路了。

看到我踌躇失措的样子，女人也站起身来，看了一眼我的小钱包，

“哎哟，就这点钱？”

言者无心，听了却让我痛彻心脾。因为是我初次爱上之人口中说出的话，所以才令我这么痛心。不仅如此，三枚铜钱，压根不算钱。那是我至今未尝过的、奇异的屈辱，令人不能再苟活的屈辱。归根结底，那时候的我，还没从有钱人家少爷这种属性中脱离出来吧。就在那一刻，我才真正自发地有赴死的决心了。

那天晚上，我们两个一起在镰仓跳海了。女人说身上的腰带是从店里朋友那借的，边说边解了下来，叠好放在岸边岩石上。我也脱下外披，放在同一处，然后一起跳进了水里。

女人死了。而我，却被救了回来。

由于我是高等学校的学生，而我父亲也小有名气，有所谓

的新闻价值吧，因而在报纸上被作为一个大事件报道了。

随后，我被收容到海边的医院。一个亲戚从故乡赶过来了，为我做各种善后事情，并告知我，在故乡的父亲以及全家人对我的行为极为震怒，恐怕今后要跟我断绝关系了。说完他就回去了。不过相比之下，死去的恒子更让我难以忘怀，我终日只是低声哭泣。因为至今为止，我真正喜欢过的人，只有贫贱寒酸的恒子。

寄宿公寓那儿的姑娘寄来了一封长信，里面写了五十首和歌，全是以“我要你活着”作为首句的短歌，整整五十首。护士们来病房里玩，快乐地笑着，有护士走之前还紧紧握了我的手。

医院检查发现我左肺有问题，这其实对我十分有利。后来我以“协助自杀罪”的罪名，被警察从医院带走了，还好他们把我当病号看待，拘留在特别的保护室里。

深夜，与保护室一墙之隔的值班室里，有个通宵值夜班的老警察，他悄悄地拉开两房之间的门，跟我打招呼说：

“喂！冷吧？到我这边来，烤烤火！”

我装作无精打采的样子，挪进去值班室，在椅子上坐下，靠近火盆烤起火来。

“还是很想那死去的女人吧？”

“是的。”

我故意有气无力地小声回答道。

“是吧，人之常情啊。”

他逐渐口气大了起来，摆起架子，像审判官似的询问道：

“最初跟那女人发生关系，是在哪里？”

他把我当作小孩子了。而他自己装出一副审讯主任的模样，在这个无聊的秋夜，想要从我嘴里套出些淫猥的故事。我早就察觉出他的意图，极力忍住才没大笑出来。对这种警察的“非正式讯问”，我知道拒绝回答所有问题也没关系，但为了给这个漫长的秋夜助助兴，我姑且把老警察当作审讯主任，刑罚轻重全凭他一念之间，对此表现出深信不疑的“诚意”，稍稍满足一下他下流的好奇心也罢。于是，我随口“陈述”了事件的经过。

“嗯，这么一说大概听明白了。你老老实实地回答，我们也好酌情处理。”

“谢谢，请多多关照。”

这些都是出神入化的演技罢了，而且是对自己没有什么好处的表演。

天亮以后，署长传讯我，这回是正式审讯了。我打开门，一进署长室，对方就说：

“哇，一表人才。这个不是你的错，怪就怪你娘，把你生得太好了。”

署长肤色浅黑，看上去年轻，像刚从大学毕业不久似的。突然被这么来一句，我不禁自惭形秽，仿佛自己是个半边脸长满红斑的丑陋残废。

署长像是个柔道或剑道选手，蜻蜓点水似的审问着，与夜里老警察偷偷摸摸地对淫猥之事刨根问底的“讯问”相比，实在有云泥之别。审讯结束后，署长一边写着递送检察院的材料，一边说：

“身体养结实了才行啊，看你，咯血了不是？”

那天早晨，不知怎的咳嗽起来，我便习惯性地用手帕捂着嘴，那块手帕上沾了一片红软雪花似的血迹。不过那并非是喉咙咳出来的血，而是昨晚用手挤耳朵下的小肿粒，挤出了点血。但我马上意识到，这事不挑明对我更有好处，于是我垂下眼，一本正经地回答道：

“是。”

署长写完材料，说：

“起诉与否，由检察官决定。你最好发电报或打电话，让你的担保人今天到横滨检察院来一下。肯定有谁吧，你的担保人或保护人什么的。”

我想起自己在学校的担保人叫涩田，是个古董书画商人，跟我们家是同乡，经常出入父亲在东京的别墅，担任父亲选举后援会的干部。他身材矮胖，是个四十岁左右的独身男人，一张脸特别是眼睛长得跟比目鱼似的，父亲总喊他比目鱼，我也就习惯那样叫他了。

我把警察署的电话簿借来翻看，找到了比目鱼家的电话，于是打了电话给他，请他到横滨检察院来一趟。电话里比目鱼变了个人似的，语气傲慢，不过好歹答应来了。

“喂，那个电话最好马上消毒下，那家伙咳出过血。”

我回到特护室后刚坐下，署长大声吩咐警察们的声音，就传入我的耳中。

午后，我身体被细麻绳系住，并获准穿上外披遮掩起来，年轻的警察紧握着麻绳的一端，两个人一起乘电车出发去横滨。

不过，我一点也没感觉不安，反倒是对警察署的特护室，还有那老警察有点留恋。啊，我这是怎么了？作为罪犯被系上了绳子，反而松了一口气，而且气定神闲——如今写到这段当时的回忆，我的心情还有一丝轻松愉快呢。

但在那段时期令人怀念的记忆中，唯有一次搞砸了的悲惨往事，想起来都冷汗三斗，生不能忘。那是在检察院一个阴暗的房间里，接受简单讯问的时候。检察官四十岁左右，看上去是个文静（我自己就算是美貌，肯定也是所谓妖娆邪淫那种美貌；而这位检察官的相貌，聪明而静谧，是正人君子的美貌）、性格稳重的人，我也就完全不设防，模模糊糊地陈述着。突然一顿猛咳，我掏出手帕，瞥见了上面的血，便又起了卑鄙之心，想着这咳嗽也许能帮我什么忙呢，于是又再“咯，咯”地加上两声夸张的假咳，用手帕捂住嘴巴，瞄了一眼检察官，就在这千钧一发之际，他很斯文地露出了微笑：

"真的吗?"

我顿时冷汗簌簌，不，即便现在想起来，我也坐立不安。中学时代，傻蛋竹一戳着我的脊梁说的那句"故意的，故意的"，让我感觉被人一脚踢到了地狱里。可这次的感觉绝对有过之而无不及。上一次加上这一次，是我平生演技最惨痛的两次失败。我有时甚至想，与其受检察官那般斯文的侮辱，还不如干脆直接判我十年来得舒服些。

我被缓期起诉了，可我一点也高兴不起来。我坐在检察院等候室的椅子上，以世上最悲惨的心情，等着担保人比目鱼来接我出去。

此时，从身后高高的窗望出去，晚霞满天，海鸥成群结队，好像排成一个"女"字在天上飞翔。

第三则手记

一

竹一的预言，一个应验了，一个没说中。“被女人迷恋”这个不光彩的预言应验了，而“成为伟大的画家”这个祝福的预言，却落了空。

我只变成了一个差劲的画家，没有名气，为一家稍显粗俗的杂志画画而已。

由于镰仓的殉情事件，我被高等学校开除了，终日吃睡在比目鱼家二楼一间三张榻榻米大小的房间里。故乡家里则每月寄来很少一点钱，并且不直接寄给我，而是悄悄寄给了比目鱼（而且似乎是故乡哥哥们瞒着父亲寄的）。除此之外，我和故乡的所有联系全都断绝了，比目鱼总是绷着一张脸，我即便讨好地对他笑，他脸上也毫无笑意。人这种动物，怎么能如此易如反掌地说变就变呢？这脸变得让人觉得可耻，甚至滑稽。他总是对我说这样的话：

“不能出门哟，不管怎样，请你别出门。”

比目鱼似乎怕我有自杀倾向，总盯着我。就是说，他断定我有追随那女孩再次投海的风险，因而坚决禁止我外出。不过，一天到晚窝在这二楼三张榻榻米的小房间，喝不了酒，抽不了烟，靠每天看旧杂志度日，过着这等傻瓜似的生活，我是连自杀的力气也失去了。

比目鱼的家在大久保医专附近，挂着“书画古董商”“青龙阁”等招牌，名号倒是相当气派，其实是一栋两户的小楼，其中一户作店面，门面狭窄，店内铺满灰尘，尽摆着些随意弄来的不值钱的物件（当然，比目鱼并非只卖店里这些散货，而是另有赚钱门道，比如把这位老板的私藏品，转让给那位老板而从中获利等）。比目鱼几乎从不在店里坐班，一般大清早就板着脸匆匆出门，留下一个十七八岁的小伙计当班。这哥们其实就是盯梢我的，闲时在外面和附近的小孩们玩投球，把二楼我这个吃闲饭的当傻子或疯子看，甚至像大人说教一般对我说话。我生性不与人做口舌之争，便装出一副疲惫又钦佩的样子听他说，乖顺极了。这个小伙计是涩田的私生子，但出于某些奇怪的原因，涩田与他不以父子相称，而涩田一直单身似乎也与此有关。我隐约记得从前听家里人说过一点这样的传闻，但我对他人的私事本无多少兴趣，并不知道里头的蹊跷。不过小伙计的眼神奇妙地让人联想到鱼的眼睛，或许那真是比目鱼的私生子啊……如果是这样的话，他们确实是一对寂寞的父子，有时夜里很晚了，两人瞒着二楼的我，叫了外卖的荞麦面默默地吃着。

比目鱼家里总是小伙计负责做饭，二楼这个麻烦家伙的饭就分开摆在膳盘上，一日三次送上二楼，而比目鱼和小伙计则在楼下潮湿的四张半榻榻米大小的房间里，急急忙忙地吃饭，混杂着碗碟相碰的声音。

三月底的一个晚上，看来比目鱼找到了赚钱的新路子，又或是出于什么谋划（就算这两个推测都猜中了，恐怕也还有其他几个琐细的原因是我无法揣测的），他竟然招呼我到楼下吃饭，饭桌上甚至摆着酒壶，吃的不是比目鱼，而是金枪鱼刺身。请客的比目鱼自顾自地对菜肴赞叹赏识不已，还给我这个傻乎乎的蹭饭小子斟了点酒，问道：

"到底怎么打算，你以后？"

我没答话，从桌上的碟子里夹起一块沙丁鱼干，打量着小鱼银色的眼睛，醉意渐次上头，留恋起从前到处漫游的时光，甚至怀念起堀木，渴望得到自由，一瞬间，差点轻泣起来。

我来这个家以后，连搞笑的气力也没了，只是活在比目鱼和小伙计蔑视的目光之下。比目鱼似乎极力避开与我做推心置腹的长谈，我也没心情追着他要倾诉什么，基本上彻底摆出一副混吃混喝的傻呆嘴脸。

"所谓缓期起诉，好像就是不会有前科。所以，只要你有心，就能改过而重新做人。你若能痛改前非，就跟我严肃地谈一谈，我也会好好考虑的。"

比目鱼的话，不，世人的话，都似此般拐弯抹角、隐约朦胧，意思里带有一种随时可逃避的微妙和复杂。这些话几乎全充斥着毫无益处的过度警戒心，以及不计其数的肮脏小伎俩，总令我感到迷惑不解。那还不如爱怎样就怎样，我就搞搞笑，点点头不说话，一切随它去吧。我最终变成了这样一种失败者的态度。

多年之后我才知道，比目鱼要是直截了当地告知我实情，事情本也就妥当了。他那不必要的用心，不，是世人对虚荣和面子的执着，让我无法理解又郁闷至极。

那时，其实比目鱼这么说就好了：

“无论是公立学校也罢，私立学校也罢，四月开始去上学吧。从开学起，老家就会给你寄来更多的生活费。”

很久以后我明白了，事实就是这样，倘若如此告诉我，我也就言听计从上学去了。然而，比目鱼戒心太强，说话弯弯绕，我反倒执拗起来，以至于完全改变了我的人生走向。

“若你没有和我认真谈一次话的思想准备，那就没办法了。”

“谈什么呢？”

我自己真不知道该谈些什么。

“谈你心里的想法啊。”

“比方说？”

“什么叫比方说！你自己今后，到底想怎么办？”

“要我找份工作？”

“不，你心里到底怎么想的？”

“可是，去上学的话……”

“那当然需要钱，但问题不在钱，而在于你的心态。”

钱会从老家寄来——他为什么不一句话说明白呢？本来单这一句话就能决定我的心态了，结果却让我如坠五里雾中。

“怎样？将来的希望什么的，有吗？看来，照顾一个人有多难，被照顾的人终归是不晓得的。”

“对不起。”

“我是真为你担心。我既然答应了照顾你，就不想看到你半半拉拉地混日子，希望你堂堂地走上重生之路，所以需要知道你对此有多少觉悟。比方说，你关于将来的打算，来找我认认真真谈一谈，我也愿意一起好好商量。但毕竟是我这个穷比目鱼给你帮助，倘若你还期待过以前那样的阔绰生活，那你就想错了。不过，你要是下定决心，明确将来的计划，来找我谈的话，那么，哪怕是尽一点点微薄之力，我也会帮助你重新做人的。我的心意，你明白吗？你呀，究竟今后怎么打算呢？”

“要是你家二楼不让我住了，那我出去工作……”

“你是真心说这话吗？如今这世道，就算是帝国大学毕业，也……”

“不，我不是要做上班族。”

“那想做什么？”

“画家。”

我下决心说出来了。

“啊？”

我始终无法忘记比目鱼那缩着脖子怪笑，一脸狡黠的模样。那有点像轻蔑的幽影，却又不同，如果把世间比作大海，那就是在千寻之深的海底下摇曳不已的怪影。透过那怪笑，只一瞥，我窥见了成年人生活中极其隐秘的深处。

“你要这样的话就没法谈下去了，一点决心都没有，你好好想想吧，认认真真考虑一晚上。”

既然都这么说了，我像被人追着似的逃上二楼，躺下，脑袋却空空如也，想不出什么。然后，天亮了，我从比目鱼家逃了出来。

傍晚我一定回来。我到这个朋友家，找他商量一下将来的计划，不用担心。真的。

我拿铅笔在便签上用大字写下这段话，另外，把堀木正雄在浅草的住址和姓名也写了下来。然后悄悄地离开了比目鱼的家。

我并非是因为比目鱼的一通说教而赌气逃走的。正如比目鱼所说，我是个没主见、下不了决心的人，对自己的将来完全没有计划。而且成为比目鱼家的累赘也让我过意不去，今后万一起了发奋之心而立志重生时，却要接受“穷比目鱼”每个月给我的生活补助，想起来都觉得心里难受，无地自容，这才是我出走的原因。

然而，我也不是为了“将来的计划”而逃出比目鱼家，找堀木那样的人去商量的。这样做是为了使比目鱼安心，哪怕是安心一点点，安心片刻（在这期间，我想有多远就逃多远，故而留下一封信作为缓兵之计——这是侦探小说里的惯用伎俩。虽说我心里肯定有这个意思，但其实我更害怕的是一声不响消失会给比目鱼一记突然袭击，让他方寸大乱而不知所措。尽管明知这事迟早要败露，我还是怕直接说出来，因而定要加以掩饰。我这个脾性真是可悲，它类似于被世人所鄙视的“谎话精”性格，不过我几乎没想过从那种“掩饰”中获利。只是因为我对扫别人的兴这件事害怕到了窒息的程度。明知事后对自己不利，却由于“拼了命去讨好”的习性，很多时候我还是不由自主地添加一言半语作为掩饰，这是多么弱小而愚蠢啊。话说回来，这种习性也常被世上的“老实人”大加利用），而正是那时，堀木的名字和住址忽然从我记忆底层浮现出来，于是我把它原原本本写在信纸边上了。

我离开比目鱼的家，一路走到新宿，把揣在怀里的书卖掉了，结果还是走投无路。尽管我对别人态度和蔼，但从没感受过来自别人的“友情”。堀木这样的酒肉玩友姑且不论，与他人交往留给我的都是痛苦不堪的体验。为了缓解痛苦，我又拼命地搞笑，反而把自己弄得精疲力竭。在大街上看到相识尚浅的面孔，甚至只是似曾相识的面孔，我都顿时感到一阵晕眩和不快的战栗。我深知自己尽管招人喜欢，却欠缺爱别人的能力。（不过，我对世人是否真具有“爱”的能力，表示高度怀疑。）这样的我，当然没理由能交上所谓的“好友”，我甚至没有“登门拜访”的能力。对于我，别人家的门，毫不夸张地说，比《神曲》里的地狱之门还要阴森可怖，总觉得门洞深处藏着一只恶龙般的怪兽，臭不可闻，蠢蠢欲动。

我跟谁都没交往。哪也去不了。

堀木。

没想到，这真是假戏真做。我按照信里写的，来到了浅草堀木家。至今为止，我从来没有自己主动去堀木家，基本上都是我发电报叫他过来我这边，可现在连电报费都不太敢花了，再说我眼下落魄乖僻，就算打了电报堀木也不一定就来见我，这样一想还不如自己送上门去，于是下定决心，叹了口气上了市营电车。对我来说，如今世上唯一的救命稻草，竟然是堀木，想到这我不由得脊背发凉。

堀木正好在家。堀木家是一栋坐落在肮脏院子深处的两层小楼。堀木住在二楼仅有的一间六张榻榻米大的房间，他年迈的父母加上一个年轻的工人，三个人住楼下。他们正在制作木屐，边敲敲打打，边缝着木屐的带子。

那天，堀木给我展示了他作为城里人的另外一面，即俗话所说的“精于算计”。那种冷酷而狡猾的个人主义，让我这个乡巴佬简直目瞪口呆。他决非像我这样，是个漂泊无依的人。

“真服了你了！老爷子原谅你了？还没有吧！”

我没敢说出口，我是逃出来的。

我又依例演起蒙骗之术，明知随时可能被堀木识破，可我还是照演不误。

“这……总有办法解决的。”

“喂，那种事可开不得玩笑。给你个忠告，别再犯蠢了。我今天有事，最近忙得底朝天。”

“今天有事？什么事啊？”

“喂喂！你别揪断那坐垫的线头呀！”

我一边说话，指尖一边无意识地掐拽着坐垫一角不知是缝上的还是扎上的流苏般的线头。堀木对家中之物，就算是坐垫的一根线也无比爱惜，面无愧色，眉目倒竖地苛责我。细想下来，他至今与我的交往中，还真没一样东西是吃过亏的。

堀木的老母亲端来了餐盘，上面放着两碗年糕红豆羹。

“哎呀，这真是……”

堀木一副由衷的孝子模样，面向老母亲诚惶诚恐，恭敬得说话都不自然起来：

“不好意思，是年糕红豆羹啊，真厉害！您不用太费心了，我这有事就要出门啦。不过，您这年糕红豆羹的手艺，不能错过，我就吃啦。来，你也来一碗，味道怎样？我妈特地做的。

啊，好吃，厉害！”

堀木吃得津津有味，开心极了，倒也不像全在演戏。我也吃了，有点白开水的味道，年糕不像年糕，像是什么别的东西。我绝没有鄙视他们的贫穷。(当时我没觉得不好吃，老人家的尽心尽意也让我很感动。我虽然害怕贫穷，但不会鄙视贫穷。)那碗年糕红豆羹，以及堀木兴高采烈的吃相，让我发现了城里人节俭的本性，看到了东京人家庭生活内外有别的真实一面。而我这呆人则内外无别，只知道一根筋地四处逃离人类的生活，终归伶仃落伍，连堀木也抛弃了我。如此想来真是万分狼狈，我一边动着掉了漆的筷子，心中升起了难忍的惆怅——我只是想把这一刻的感受记录下来。

“抱歉啊，我今天真有事。”堀木站了起来，一边穿上衣一边说，“失陪，对不住了。”

这时，有个女人来找堀木，我的处境也因此随之一变。

堀木瞬间来了精神：

“啊，对不起，我正要去拜访你呢，这哥们突然来了，不过没关系，来，这边请！”

看他慌忙的样子，我把自己坐的垫子抽出来，翻到反面递给那女人，堀木一把夺过，又翻了过来请那女人坐了。房间里，除了堀木自己的坐垫，给客人的坐垫只有一个。

那女人是个瘦高个，她把坐垫推到一旁，然后在靠门的一角坐下了。

我心不在焉地听着他们聊天。女人好像在杂志社工作，委托了堀木画插图什么的，现在过来取稿。

“要得很急。”

“做好了。早就做好了。这个就是，请看！”

这时来了一封电报。

堀木看了电报，兴高采烈的表情一眨眼阴沉下来：

“咦！你小子，这是咋回事？”

原来是比目鱼发来的电报。

“总而言之，你马上回去吧！我送你回去没问题，可眼下没这个工夫。真有你的，离家出走，还这么不紧不慢的！”

“您家住哪里？”女人问。

“在大久保。”我不经意回答道。

“是吗，那在我们出版社附近，我送您吧。”

女人出生在甲州，二十八岁，和快五岁的女儿一起住在高圆寺的公寓里。丈夫已过世三年了。

“你看来是吃了不少苦长大的啊，会体贴人，真可怜。”她后来对我说。

有生以来，我第一次过上了软饭男的生活。每天在静子（这是那位女记者的名字）去新宿的杂志社上班之后，我就和她五岁的女儿茂子两人老老实实地待在家里。我来以前，妈妈不在家时，茂子都是在公寓管理员的房间里玩耍，自从“会体贴人”的叔叔作为玩伴出现之后，她显得开心多了。

我在那稀里糊涂地待了一周左右。从公寓的窗户往外看，近处电线上挂着一只人形风筝，被扬起尘土的春风吹得破破烂烂，但它仍然死死缠住电线，不离不弃，风吹得它频频点头。我每次看到都苦笑不已，满面通红，它甚至成了我的梦魇。

“好想要钱啊。”

“……要多少？”

“很多……钱一断，缘就断，真是这样啊。”

“胡说，那是过时了的话……”

“是吗？但你不明白，这样下去，我没准就逃了。”

“到底谁更穷啊？谁该逃啊？你这话真奇怪。”

“我想自个儿赚钱，买酒，不，买香烟。画画的话，我自认为比堀木画得好多了。”

这个时候，中学时代画的、竹一说像“妖怪”的那几张自画像，在我脑中浮现出来了。那是已经遗失了的杰作。因为多次搬家，画丢失了，我觉得那些才是画得好的画。在那之后虽也画了不少，但与那记忆中的珍品相比都远远不及。这令我总有一种倦怠的失落感，心里空落落的，苦恼不已。

这一杯喝剩的苦艾酒。

我私下以此来形容这种永远难以补偿的失落感。一说到画画，我眼前就会出现这杯喝剩的苦艾酒，啊，真想把当年那幅画给她看看，让她相信我的画画才能——我在这样的焦虑中不能自拔。

“哈哈，这是怎么了？你一脸严肃地开玩笑的样子好可爱。”

不是开玩笑，是真话。啊，真想给她看那幅画。在徒劳无果的烦闷中，我放弃了挣扎，换了个语气说道：

“漫画呀，起码画漫画，我自认为比堀木强。”

没想到一句玩笑话，反而让她信以为真了。

“是啊，我其实也挺佩服的，你给茂子画的那些漫画，看了连我都忍不住大笑。画一画试试？怎么样？我可以向我们杂志社总编推荐你啊。”

她所在的杂志社发行面向儿童读者的月刊，没什么名气。

“……看到你，女人大概都会忍不住要为你做些什么……你总是战战兢兢的，而又会讲笑话……有时一个人在那消沉，那样子更让女人心旌飘荡。”

静子又说了其他各种各样的事，但就算把我夸得天花乱坠，我也觉得那都是属于软饭男的鄙秽特征，于是越来越“消沉”，完全提不起劲。我暗地里琢磨着“钱比女人重要，总之要离开静子，自食其力”，可事实上反倒是越来越依赖静子了。就连离家出走的善后事宜什么的，也几乎全靠这个胜过男人的甲州女人的帮忙，这样一来，我对静子更加要“战战兢兢”了。

由静子斡旋，比目鱼、堀木、静子三人谈妥了安排，我与老家完全断绝联系，而与静子公开进入同居关系。另外，得力于静子多方奔走，我画的漫画也出乎意料挣钱了，我用这钱买了酒，买了烟，可尽管如此，我的心虚和郁闷却是有增无减。

我“消沉”至极，以至于在画静子杂志上每月连载的漫画《金太与雄太历险记》时，突然想起了故乡的家，孤寂难堪，画笔也停了下来，低着头流眼泪。

这些时候对我来说，能给我一点点安慰的，是茂子。那会儿，她已毫无顾忌地叫我“爸爸”了。

“爸爸，只要祈祷，求什么神就会给什么，这是真的吗？”

我心里嘀咕，我其实也想要那样的祈祷。

啊，赐我坚定的意志吧！昭示我“人”的本质吧！人对人的排挤为什么不是一种罪？赐我愤怒的面具吧！

“嗯，是的，茂子祈祷什么都可以得到，但爸爸可能不灵啦！”

我甚至对神也感到恐惧。不相信神的慈爱，只相信神的惩罚，而信仰对我来说，就是为了受神的鞭笞，低头走向审判台而存在的。就算相信地狱，我也无论如何无法相信天国的存在。

“为什么就不灵呢？”

“因为没有听爸爸妈妈的话。”

“是吗？爸爸是个大好人，大家都这么说啊。”

这个，是因为我骗人了啊。我也知道公寓里大家都喜欢我，但他们还是让我感到害怕。我越是害怕，他人越喜欢我，他人越喜欢我，我越是害怕，因此我不得不离群索居。这种不幸的病态，要对茂子讲清楚实在太难了。

“茂子到底想跟神求什么呢？”

我漫不经心似的换了话题。

“我呀，茂子想要真正的爸爸。”

我大吃一惊，一阵晕眩。敌人！我是茂子的敌人？抑或茂子是我的敌人？总之，这里也有一个威胁着我的可怕的大人，一个他人，一个不可理解的他人，一个一身秘密的他人。茂子的面孔刹那间变成了那样的他人。

我本以为只有茂子不在其列，原来她也藏着“突然甩起来抽死牛虻的牛尾”。从那以后，我甚至对茂子也不得不战战兢兢了。

“色魔！在家吗？”

堀木又开始来找我了。尽管我离家出走那天，他是那样地让我感到孤独无助，但我还是拒绝不了这个男人。于是我暗自笑笑，迎他进来。

“你这家伙，漫画很受欢迎嘛。业余画手，无知者无畏，胆子真大！不过别得意，你的素描就不太像样！”

他说话端着一副师傅的架子。我要是把那幅像“妖怪”的自画像拿给他看，这小子会做何表情呢？我又在徒劳地琢磨着。

“别这么说我，我会哇哇惨叫的。”

堀木越发得意了：

“只靠那些处世的本事，可迟早会露馅的！”

处世的本事……我真的只能苦笑一下了。我有什么处世的本事！难道我害怕、躲避、蒙骗他人，和那种凡事遵循“惹不起躲得起”原则的圆滑处世，是一回事吗？啊，人类彼此互不了解，看到的都是错误的对方，即便是亲密无间的好友，也一辈子对此毫无察觉，直到对方死去，还感泣涕下地读悼词。

堀木毕竟参与帮助我处理离家出走的善后事宜（肯定是在静子恳求之下他才勉强答应的），这下他摆出一副我再生父母、月下老人的模样，煞有介事地总以说教的口吻对我说话，有时喝醉了酒深夜来我家过夜，有时来借去五块钱（每次都一定是五块）就走了。

“你啊，近来猎艳也收手了吧，再瞎搞的话，为世间所不容啊！”

世间，到底是什么？是无数人组合在一起吗？哪里才是这世间的实体？不过，我人生迄今一直认为世间是强力、严酷、可怖的，但被堀木这么一说，我突然想说：

“所谓世间，不就是你吗？”

但话到嘴边，又咽回去了，我怕惹得堀木发怒。

（为世间所不容。）

（不是世间，是为你所不容吧？）

（你要做那种事，世间会睚眦必报！）

（不是世间，是你吧？）

（很快，世间就要埋葬你！）

（不是世间，是你要埋葬我吧？）

你！你知道自己有多么可怖、怪异、恶毒、狡猾、妖邪吗！我心中各种词语此起彼伏，但到头来，只是掏出手帕擦了擦额上的汗，笑了笑说：

“汗颜，汗颜。”

不过，从此以后，我便有了“世间不就是个人吗”的思辨看法。

就这样，在产生了“世间就是个人”的想法后，与过去相比，我多少能够按自己的意思去行事了。借用静子的话来说，我变得有点任性，不再战战兢兢了；借堀木的话来说，我奇怪地变吝啬了；还借用静子的话来说，我不如以前疼爱茂子了。

我默默无语，不苟言笑，日复一日照看茂子，应各出版社之约画着《金太与雄太历险记》、明显模仿《慢性子老爸》的《慢性子和尚》，还有自暴自弃起了个莫名其妙题目的《急性子阿平》等连载漫画（那时除了静子的杂志社以外，也零星有其他来约稿的，但尽是些比静子的杂志社更低级的三流出版社）。我心情实在阴郁，画得慢吞吞的（我画画素来是属于笔慢的），这都是为了挣那几文买酒的钱。静子一下班回来，我马上交班出门，去高圆寺站附近的大排档或站立式酒吧，喝廉价的烈酒，心情稍微好些了再回到公寓。

“你的脸越看越怪啊，‘慢性子和尚’的脸，灵感来源其实是你的睡相。”

“你睡觉时的模样，不也老了许多嘛。像个四十岁的男人。”

“都怪你，还不是被你吸干了！此身犹似东流水啊，杨柳岸边足徘徊啊！”

“别嚷嚷啦，早点睡吧，要不，再吃点饭？”

她很平静，根本不接茬儿。

“要是有酒倒想接着喝。此身犹似东流水啊，此身如流……不对，流水如此身啊……”

我一边唱着，静子帮我脱下衣服，我额头枕着她的胸脯睡着了。这便是我每天的生活。

看时光流转日复一日，
且依例行事中矩中规。
但趋避世上洪荒狂喜，
便也无上苍降下大悲。
纵使前方有挡路巨石，
蟾蜍一介将绕行而去。

当我看到这首上田敏翻译的夏尔·克罗的诗句时，我满脸火烧般变得通红。

蟾蜍。

（这只蟾蜍就是我。无所谓世间原谅或不原谅我，也无所谓它埋葬或不埋葬我。我是比狗猫更劣等的动物——蟾蜍，只是在慢吞吞爬行的蟾蜍。）

我酒也喝得越来越多了。不光是在高圆寺附近，也会去新宿、银座一带去喝，有时甚至夜不归宿。我也不再遵守“惯例”，在酒吧装无赖，强吻身边的女招待——也就是回到了殉情之前的状态，不，比之前喝得更放荡粗鄙。钱喝光了，甚至把静子的衣服也拿去典当。

从对着窗外那破旧的风筝苦笑那会儿算起，我来这里过了一年多了。樱花谢了、长出叶子的时分，我把静子的衣带、衬衣等都偷偷拿去当铺换了钱，又到银座去喝酒，连续两晚外宿，到第三天晚上我感到实在不像话了，于是蹑手蹑脚地回到静子的公寓。到了她房间门口，静子和茂子的说话声从里面传了出来。

“为什么喝酒呢？”

“爸爸呀，不是喜欢喝才喝的，他呀，人太好了……”

“好人才喝酒吗？”

“那倒不是……”

“爸爸肯定会大吃一惊吧。”

“他说不定会讨厌呢，看，看，从箱子里跳出来了！”

“有点像‘急性子阿平’呀。”

“真的是呢。”

我听到了静子轻轻的、发自内心的、幸福的笑声。

我把房门拉开了一条缝，往里看了一眼，原来是一只小白兔，在房间里一蹦一跳兜着圈，母女两人在后面跟着。

（她们真是幸福啊。是我这个混蛋闯进了两人的生活，把她们的日子搞得混乱不堪。多么朴实的幸福，多么和善的母女。啊，倘若神能听我这歹人的祈祷，听一次就好，一生就这一次，我祈祷她们永远幸福！）

我蹲在门外，一心为她们合掌行礼。然后轻轻地关上门，又去了银座，从此再也没回到公寓。

就这样，我住进了京桥附近一家站立式酒吧的二楼，又一次成了软饭男，过起了慵懒无聊的生活。

世间，我终于也开始模模糊糊地懂得其中的意思了。个人与个人之争，是要面对面地争，而且要当场争赢了才行。人绝对不会服从别人，连奴隶也会以奴隶卑贱的方式反击。因此，人除了面对面一招定胜负之外，没有其他的生存法门。人们嘴里说着大义，其实奋斗的目标一定是个人，赢过一个人再想办法赢下一个人，世间的难以理解即是个人的难以理解，汪洋大海说的不是世间，而是个人。这样一想，我慢慢学会了从世间这恐惧之海的幻影中解放出来，不必像从前一般漫无边际地焦虑操心，而只是应当下之需，适当地做些厚颜无耻之事即可。

我把高圆寺的公寓抛在身后，对在京桥的站立式酒吧老板娘说：

“和她分手了来的。”

说了这句话就足够了，一招定胜负。从那天晚上开始，我硬是住进了酒吧的二楼，我本应惧怕的“世间”，并无任何加害于我的意思，而我对“世间”也没有做任何辩解。只要老板娘愿意，一切都不是问题。

我既是店中客人，也像是店的老板，有时像跑腿，有时又像是亲戚，在旁人看来，我颇似一个来历不明的家伙，可“世间”却见怪不怪，而且店里的常客也“小叶，小叶”地叫得挺欢，对我和善极了，还常请我喝上几口。

如此一来，我对这世上的事情，也渐渐变得漫不经心。这世上啊，并非可怖之地，我终于会这么想了。就是说，我一直以来的恐惧，其实是一种类似被“科学迷信”吓破了胆的情绪。比方说，春风里会让人得百日咳的细菌有几十万，澡堂水里能把人弄盲的细菌有几十万，理发店里的秃头病菌有几十万，电车的吊环上也布满引发疥癣的虫卵。还有呢，生鱼片、生烤牛肉猪肉里，必藏有绦虫的幼虫、吸虫等的虫卵，而打赤脚走路，又会被玻璃小碎片刺入足底，碎片会沿着体内行走，最后把眼睛刺瞎了……确实，好几十万细菌在浮游蠕动，从“科学”的角度而言是正确的，但同时现在我也知道，倘若能对此漠然无视，那它不过就是个顷刻消失的“科学幽灵”，和自己没一丁点关系了。吃盒饭吃剩三粒米饭，倘若千万人都如此，那就浪费掉了不知多少袋大米；千万人每天都节约一张擦鼻涕的纸，那该节约多少纸浆啊。我曾被这种“科学统计”

吓得不成样子，以至于每吃剩一粒米，每擤一次鼻子，眼前都出现浪费了堆积如山的米和纸浆的错觉，心情灰暗，彷佛自己又犯下弥天大罪了。然而，那些正是“科学谎言”“统计谎言”“数学谎言”，实际上不会有三粒米饭堆成山的事，就算作为加减乘除的应用题也太过原始和幼稚，这和计算去几次没亮灯的厕所会有一次踩空掉进坑里，或国营电车多少乘客中会有多少人失足从车门与月台之间掉下去等概率问题一样愚蠢。那样的事虽有可能发生，但从没听说有谁双腿没蹲好而掉进茅坑受了伤的案例。我从前把听来的那些假说当作“科学事实”全盘接受，并因此担惊受怕，想来恍如昨日，自怜苦笑。我终于一点点懂得了世间的本质。

即便这样，人这东西还是令我惧怕，要招呼店里的来客，我也得先闷掉一杯酒后才行——见到可怕的东西了嘛。尽管如此，我还是每天晚上去店里，像小孩子虽然有点害怕小动物，却反而把它紧紧捏住一样，喝醉了甚至在客人面前大吹特吹自己拙劣的艺术见解。

漫画家。啊，我不过是个既无大喜，亦无大悲的无名漫画家。不管有多大的悲哀随之而来，就让它来吧，我只想要狂放的快乐。可即便如此，我眼下的快乐，只有和客人说无聊之事，喝客人赏我的酒罢了。

来京桥后，这样无趣的生活已持续一年多了。我的漫画不仅刊登在儿童杂志上，也开始登在车站里卖的粗俗的色情杂志上了。我以上司几太（日语谐音：殉情没死）这个自嘲的笔名，画了些淫秽的裸体画，还在其中配上了《鲁拜集》的诗句：

请停下无用的祈祷，
把催人落泪的东西舍掉。
烦恼忘尽，莫庸人自扰，
且高举酒杯回忆美好。

鼠辈把人压迫得害怕不安，
他自身作孽，大罪身缠。
面对复仇将恐怖至死，
任凭他脑中算尽机关。

昨夜我心如酒，快乐满觞，
今朝酒醒，却满目荒凉。
只是如此奇异的一夜，
心中的风景已然变样。

莫说因果报应不爽，
如远方传来大鼓作响。
那不安的声音难以名状，

放屁也要定罪，欲救无方。

正义乃是人生指针？
回首战场鲜血淋淋。
看刺客的刀尖之上，
可曾住着正义之神？

指导思想却在何方？
何处得见睿智的光芒？
这美丽又恐怖的浮世，
柔弱的人子，担不尽沉重的行装。

奈何被种下情欲的种子，
善恶罪罚，诅咒不已。
若非神赐以驾驭的念力，
我徒叹奈何，羁旅途迷。

试问在何地四处彷徨，
什么批判、讨论、再作思量。
啊，那是虚空捕风的梦幻，
咦？莫忘唯须饮酒，一切虚妄。

请看宽广无垠的天空，
我们是那粒微尘悬浮其中。
谁知道地球为何自转，
任它自转，公转，反转。

所有的国度，所有的民族，
至高的力量显现四处。
普天之下有共同的人性，
唯独我，成了异端之物。

人们读《圣经》都是误读，
抑或是常识与智慧全无。
禁酒，连肉身快乐也禁锢，
够了，穆斯塔法，对那些我无比厌恶！

可是，那时候，有个处女劝我把酒戒了。

“这样不行呀，你大白天开始就醉醺醺的。”

她是酒吧对面一个小香烟铺的女孩，十七八岁，名字叫芳子，肤色白皙，长着一对虎牙。我每次去买烟时，她都笑着那样劝我。

“有啥不行呢？为啥这样不好呢？‘今朝有酒今朝醉，人子啊，把憎恶消灭！’这是古时候波斯的诗人说的，哎呀算了，

‘为悲伤疲惫的心带来希望，唯有让人微醺的玉杯！’你听懂了吗？”

“不懂。”

“你这家伙，我要亲你！”

“来啊！”

她一点都不害羞，还嘟起了下嘴唇。

“你这坏蛋！一点贞操观念都……”

然而，芳子的表情里，显然透着不容任何人染指的处女的氤氲。

过年后一个寒冷的晚上，我喝醉了出去买烟，结果掉进了香烟店前的下水道检修井里，我喊叫着：“芳子！快来救我！”芳子来把我拉了上去，帮我包扎好右手腕的伤口，收起笑容，心疼地说：

“你喝得太多了。”

我对死倒是无所谓，但受伤出血变成废人，却是万万不愿的。芳子给我包扎手上伤口时，我忽然想，也许是时候该少喝点酒了。

“我要戒酒。从明天起，一滴不沾。”

“真的？”

“一定戒。如果戒了，芳子肯嫁给我吗？”

关于嫁人，我只是在开玩笑。

“当啦！”

所谓“当”，是“当然”的省略语。像“摩男”“摩女”（摩登男、摩登女），那时候流行各式各样的省略语。

“那行，我们拉钩。我一定戒！”

可第二天，我还是大白天就开喝了。

到了傍晚，我摇摇晃晃地出门，经过芳子的店前，说：

“芳子，对不起啦，我又喝了。”

“哎呀，讨厌，你故意装醉！”

我吃了一惊，酒都要醒了。

“没有，真的，真喝醉了，我没装。”

“别装啦，你真坏！”

她居然毫不怀疑。

“看我这样子就知道啦！今天也是大白天就开始喝了，原谅我吧！”

“你真会演戏呀！”

“真不是演戏！你这坏蛋，我要亲你啦！”

“来啊！”

“不行，我没这个资格，娶你的事也得死心了。看我的脸，红吧？喝成这样了！”

“那不过是夕阳照的吧，别骗我啦，昨天明明说好的，你不会喝的，拉了钩的呀。你一定是在骗人，骗人，骗人！”

芳子坐在微暗的店里，白皙的脸上挂着微笑。啊，一尘未染的童贞是多么可贵啊！我迄今为止，还没和比自己年轻的处女一起睡过觉。结婚吧，不管有多大的悲哀随之而来，我也想体验狂放的快乐，哪怕一生就这一回。我曾认为，处女的美丽不过是愚蠢的诗人陷入甜蜜忧伤中的幻想，但它在世上却是真实存在的。结婚吧，到春天我们一起骑自行车去看那葱郁绿叶中的瀑布——我当即下了决心，以所谓的“一招定胜负”，有花堪折直须折，我半点也没犹豫。

不久之后，我们就结婚了，虽然由此得到的快乐没有到狂放的程度，但随之而来的悲哀，却凄惨得无法形容，大大超出了我的想象。对我来说，世间真是深不可测的恐怖之地，绝非是有“一招定胜负”的劲头就可以决定一切的温柔之乡。

二

堀木和我。

一边轻蔑对方一边交往，又在对方面前贬低自己——如果这就是世上所谓“朋友”的样子，那么我和堀木的关系无疑就是“朋友”了。

我仗着京桥站立式酒吧老板娘的义气（虽然“女人的义气”这个说法有点奇怪，但依我的经验来看，至少在大城市里，女人比男人更富于义气。男人大都畏首畏尾，好装门面，而且一毛不拔），得以和香烟店的芳子结为连理。我们在筑地一带隅田川附近的一栋两层木结构公寓里租了楼下的一间安了家，我把酒也戒了，一心扑在漫画的工作上，逐渐把它当作自己的职业。晚饭后，我们常去看电影，回家路上到小吃店坐坐，还会买盆花回家。但相比起来，听这个从心底信任我的小新娘说每一句话，看她的一举手一投足，更让我感到快乐，说不定我会渐渐变得像个正常人，不用悲惨地死去了。我这样想着，心里生出一丝甜蜜的暖意。正在这当口，堀木又在我眼前出现了。

"哟，色魔！咦，看起来似乎懂人情世故了嘛！今天可是高圆寺那位女士派我来的！"

堀木一边说着，突然压低声音，朝正在厨房里沏茶的芳子抬了抬下巴，问道："不要紧吧？"

"没关系，说啥都行。"我平静地回答。

实际上，芳子是个信任人的天才。和京桥酒吧老板娘的关系不用说，就连我把在镰仓发生的事件告诉她，她也毫不怀疑我和恒子之间有什么瓜葛。这并非因为我说谎巧舌如簧，相反，有时即便我说得直截了当，芳子也都当我在说笑话而已。

"你这家伙，还是那么自负啊！也没啥大事，她让我跟你说，偶尔过去高圆寺那边玩玩！"

好不容易都快忘记了，怪鸟却振翅飞来，用利喙啄破了我记忆的伤口。过去羞耻和罪恶的记忆，一刹那活生生地展现在眼前，令人恐惧得欲大声喊叫，坐立不安。

"去喝一杯？"我提议。

“好！”堀木答道。

我和堀木。我们两人外表相似，有时甚至感觉一模一样，当然，那仅限于两人四处游荡，找廉价酒喝的时候。总之，两人见面时，一眼看去就如同两条形状、毛色相同的狗，在下雪天的街巷里跑来跑去。

从那天起，我们又开始重温旧谊，一起去了京桥那家小酒吧，而且，这两条酩酊大醉的狗终于还是去了高圆寺静子的公寓，甚至在公寓里留宿了一夜。

我永远忘不了那个闷热潮湿的夏夜。黄昏时分，堀木穿着皱巴巴的浴衣，来到筑地我住的公寓，说今天因为急用把夏服拿去当铺当了，可是怕被老母亲知道了事情不好收拾，想马上赎回来，总之想借点钱。但不凑巧我刚好也没钱，就依惯例吩咐芳子，把她的衣服拿去当铺换了钱，借给了堀木，剩下一点钱就让芳子去买了烧酒，我们俩上去屋顶天台，吹着隅田川悠悠而来的臭水沟气味的风，摆了一席有点儿脏兮兮的纳凉之宴。

那时，我们玩起了喜剧名词和悲剧名词的猜字游戏。这是我发明的游戏。既然名词有分男性名词、女性名词、中性名词，那么也应该有喜剧名词、悲剧名词之分。比方说，汽船和火车都是悲剧名词，市营电车和公共汽车都是喜剧名词。为什么呢？不懂这个的人，不足以谈论艺术。剧作家写喜剧时哪怕只夹杂进一个悲剧名词，那么他就不够格了，反之亦然，就是这么一回事。

“准备好了？香烟是？”我开始问。

“悲（剧名词）。”堀木当即回答。

“药？”

“药粉还是药丸？”

“针剂。”

“悲。”

“是吗？可也有激素针剂呢。”

“不，绝对是悲。首先是针，你想想，那可是个典型的悲呀！”

“好吧，算我输。不过我跟你讲，药、医生，那都是喜（剧名词）呀，没想到吧。死是？”

“喜。牧师、和尚也都是喜。”

“厉害！那么，生是悲吧？”

“那不对，那是喜。”

“这样岂不是都变成喜了？好，再问你一个，漫画家呢？总不能说是喜吧？”

“悲，悲，大悲剧名词！”

“瞎说什么，你才是大悲。”

变成这样拙劣的打趣固然无聊，但我们为这个巧妙的游戏自鸣得意，大概它是世界上哪个沙龙也不曾有过的玩法吧。

那时，我还发明了另外一种相似的游戏，那就是猜反义词的游戏。黑的反义词是白。然而，白的反义词，是红，红的反义词是黑。

“花的反义词是？”

我这样问。堀木歪着嘴想了一会，说：

“嗯……有个料理店叫‘花月’，那就是月。”

“不对，那不是反义词，相反，是同义词。就如星星和堇草，是同义词对吧？不是反义词。”

“好，明白了。那么就是蜜蜂。”

“蜜蜂？”

“牡丹的话……反义词就是蚂蚁？”

“瞎说什么呀，你以为在说画画呢？别胡来。”

“知道了！花的反义词，是云。”

“月的反义词才是云吧。”

“对，对！花与风，是风，花的反义词是风。”

“真拿你没办法，那不是浪花调里的词儿吗？露马脚了吧。”

“那要不，是琵琶。”

“那也不对。花的反义词是……大概是世界上最不像花的东西才对，应该从这个方向去找。”

“所以嘛……等等，那不就是女人吗？”

“那女人的同义词是？”

“内脏。”

“你真是不解诗意。那么问你，内脏的反义词是什么？”

“牛奶。”

“咦，这个有水平！再接再厉，羞耻，反义词是？”

“不知羞耻呀！流行漫画家上司几太。”

“堀木正雄呢？”

说到这会儿，两人渐渐笑不出来了，喝烧酒特有的醉意，犹如玻璃碎片充塞满脑般刺痛，心情一下子阴郁起来。

“别张口就说大话，我可不像你，还没被绳之以法过呢！”

我吃了一惊。堀木打心里没把我当个人。我只是个差点死掉的、不知羞耻的傻呆禽兽，一具行尸走肉，能让他快乐之处就加以利用，我们只是这样的“朋友”。想到这，心情无论如何是不会好了。不过，堀木那样看待我也不奇怪，一直以来我就是个失去做人资格的孩子，现在发展到连堀木也看不起我，或许也理所当然。这样一想，我装出若无其事的样子问道：

“那罪，罪的反义词是什么呢？这个难度大哟。”

“法律呀。”堀木平静地答道。

我又看了一眼堀木的脸。附近楼宇一明一灭的霓虹灯光照在他脸上，他看起来像硬汉警察般威严，我不禁吓了一跳，说：

“罪的反义词不是那样的东西吧。”

罪的反义词居然是法律！不过，世间人们的思维或许就是如此简单，每日生活得风平浪静，认为罪恶只在没有警察的地方才有。

“那到底是什么呢？神吗？你小子，有点基督门徒的味道，烦人！”

“别那么轻易下结论嘛，我们再好好想想，这不也是个有趣的问题吗？就这个问题，我觉得能从答案知道回答者的一切。”

“不可能吧……罪的反义词，是善呀，善良的市民。就是说，像我这样的！”

“别开玩笑了。不过，善是恶的反义词，不是罪的反义词。”

“恶和罪不一样吗？”

“我认为不同。善恶的观念是人造出来的，是随意造出来的道德名词。”

“烦死了！这么说来，反义词还是神。神，神，不管是什么，归结到神身上不会错。我肚子饿了！”

“芳子正在楼下煮豆子呢。”

“好！我爱吃！”

堀木把两手支在脑后，仰面躺下了。

“你好像对罪这个词，一点兴趣都没有啊。”

“那当然啦。我又不像你，是个罪人。我就算再放荡，也不会害死女人，或把女人的钱给卷跑了。”

我没有害死女人，也没有把钱卷跑——我心中即便有个微弱的声音在疯狂地抗议，但还是立刻习惯性地转念觉得是自己不对。

我这个人，无论怎样都做不到与人针锋相对。烧酒带来了阴郁的醉意，心情因此越发烦躁，我拼命抑制着自己，几乎是自言自语地说道：

“不过，光是坐牢可不算是罪，如果懂得罪的反义词，那么就能抓住罪的实质……神……救赎……爱……光……可是，神对应着撒旦这个反义词，救赎的反义词是苦恼吧，爱对憎，光对黑暗，善对恶，罪和祈祷、罪和忏悔、罪和坦白、罪和……哎呀，这些都是同义词。罪的反义词究竟是什么呢？”

“罪的发音倒过来，是蜜[1]呀，像蜜那样甜。肚子真是饿了，有啥吃的快点上吧！”

“你自己去端过来不行吗！”

我几乎是生来第一次，极其愤怒地喊道。

“好吧，我这就到楼下，和芳子犯罪去喽！口头议论不如实践，罪的反义词是蜜豆，不，是蚕豆！”

堀木已是醉得舌头都不转了。

“随便你！滚！”

“罪和饥饿，饥饿和蚕豆，不，这是同义词呀。”

堀木一边胡言乱语，一边站了起来。

《罪与罚》，陀思妥耶夫斯基。这个念头从我脑中一隅掠

1 日语“罪”的发音（Tsumi）倒过来是“蜜”（Mitsu）。

过，我猛然想到，倘若陀思妥耶夫斯基不把罪与罚作为同义词，而是作为反义词列在一起的话会怎样呢？罪与罚本无相通之处，是水火不容的两样东西，把罪与罚作为反义词考虑，那他笔下的绿藻、腐臭的水池、一团乱麻似的池底……啊，我有点明白了，不，还没……各种念头在我脑中走马灯似的转动。正在此时：

“喂！这蚕豆可不得了！快过来！”

堀木声音和脸色都变了，刚刚摇摇晃晃起身下楼，一眨眼工夫又转身回来了。

“怎么了？”

气氛一下子异常紧张，两人从屋顶下到二楼，再往一楼走，走到楼梯一半处，堀木停下脚步，用手指着小声说道：

“你看！”

我房间上方的小窗开着，透过它可以看到里面。灯亮着，有两只动物在干着什么。

我一阵晕眩，急促地呼吸着，在心里对自己说：他们是人，他们是人，没什么可大惊小怪的。我甚至忘了去救芳子，一动不动地站在楼梯上。

堀木大声咳嗽了一下。我逃命似的又跑上屋顶，四脚朝天躺下，仰面对着夏夜欲雨的天空。那瞬间袭来的情感，不是愤怒，不是厌恶，也不是悲哀，而是无以复加的恐怖。不是在墓地见到鬼的那种恐怖，而像是在神社杉树林中见到一身白衣的神像时，那种原始、狂暴、不由分说的恐怖。我从这一夜开始白发丛生，对万事自信全失，对他人全盘怀疑，活在世上的所有期待、欢乐、共鸣等都永远离我而去。这是我一生中决定性的事件。我犹如被人迎面在眉心处狠狠砍了一刀，那时候起，无论接近谁那伤口都剧痛不已。

“我同情你，但通过这事你也该醒一下了。这地方，我再也不来了，简直是地狱。……不过，芳子那，原谅她吧，你自己反正也不是什么好鸟。告辞了！”

堀木没有蠢到在这种尴尬的场面里一直待着不走。

我起身独自喝起烧酒，喝着喝着，放声大哭起来，怎么哭都哭不够。

不知什么时候，芳子端来满满一盘蚕豆，呆呆地站在我背后。

“他说什么都不干的，可他……”

“好了，什么都别说了。你从不怀疑人。来坐下吧，一起吃蚕豆。”

并肩坐下后，我们吃了蚕豆。啊，难道信任也是种罪？那个男的，是个三十岁上下、不学无术的矮个子商人，每次让我画漫画，给点小钱就装个大款样。

那个商人，后来再也没敢出现过。我也不知怎么回事，比起憎恨那商人，最初发现时不大声咳嗽而原路折返屋顶告诉我的堀木，更令我憎恨和愤怒。我常常因此夜不成寐，痛苦呻吟。

不是原谅不原谅的问题，芳子是个信任人的天才，她从不知道怀疑别人，但那恰恰是悲惨的由来。

我要问神：信任是种罪吗?

与其说是芳子被玷污，不如说是芳子的信任被玷污了，这件事永远地成了往后让我痛不欲生的苦恼之源。我猥琐而战战兢兢地活着，做什么都看人脸色，本就缺乏信任人的能力，而芳子洁白无瑕的信任，如绿叶中的瀑布一般清澄透明，可是一夜之间，却变成了一汪黄色浑浊的污水。看，从那晚起，芳子对我的一颦一笑都开始小心在意了。

“喂!”

每当我这么一叫，她都会吓一跳，视线也像没处放似的。无论我怎样逗她笑，说笑话，她都不知所措，慌慌张张，对我一个劲地使用敬语。

怀着纯洁的信任之心，就会招致罪恶吗?

我搜寻翻阅了各种描写妻子被玷污的故事，但没有一例是如芳子般悲惨的。说到底，她的遭遇根本不能成为故事。那个矮个子商人和芳子之间，哪怕是有一点点类似恋爱的感情，也许我反而会好受一些。然而在某个夏夜，由于芳子的信任，我眉心中刀，声音嘶哑，白发骤生，芳子从此不得不一辈子惶恐失措。一般的故事，都把重点置于丈夫对妻子的“行为”原谅与否上，但这一点对我而言，并不是什么痛苦的大问题。拥有

“原谅或不原谅”的权利的丈夫何其幸运！实在不能原谅的，也不用搞那么大动静，赶紧离婚再娶得了；如果以上实现不了，那就“原谅”她忍着。不管怎样，只要丈夫心里过得去，也就能收场了。总之，我觉得这样的事对丈夫确实是一大打击，但打击归打击，它并不会如海浪般一波波无穷无尽，拥有权利的丈夫凭借愤怒或是别的情感，不管怎样总能把麻烦处理掉。然而，我这个丈夫却没有任何权利，想来想去一切都是自己的过错，别说生气了，一句牢骚都发不出，而我的妻子，却是因罕见的美好品质而遭受了玷污。而且，那个美好的品质，正是让他丈夫憧憬与爱怜的信任之心。

纯洁无瑕的信任之心，就是种罪吗？

我对自己唯一看重的美好品质也产生了怀疑，对一切都捉摸不透，面前只剩下酒精这一条路了。我的表情变得极度猥琐，一大早就开始喝烧酒，牙齿掉得残缺不全，漫画也几乎只画那些淫秽的画。不，说穿了，那时候开始，我就以偷偷贩卖春画的复制品赚钱，因为买酒就需要钱。看到芳子总是惊慌失措地躲开我的视线，我不禁想，她这样毫无戒心的女人，也许跟那个商人不止一次？跟堀木也有过？不，跟我不认识的人也有过吧？我越想越是疑惑，却没有勇气直接问清楚，只是在不安和恐怖中痛苦挣扎，每日沉湎于喝酒，借醉意提心吊胆地说几句卑微的诱导式问话，弄得心里越发糊涂，一喜一忧，表面上不停说笑，然后下流地疯狂爱抚芳子，接着就一摊烂泥似的沉沉睡去。

那年年末，有一次我喝得烂醉，很晚才回家，想喝杯砂糖水。芳子好像睡着了，于是我到厨房找出砂糖壶，打开一看，里头没糖，却有一个细长的小黑盒，随手拿出来一看，盒子上贴着的标签顿时让我目瞪口呆。那张标签的大半被指甲抠掉，留下了英文字母的部分，清清楚楚印着“DIAL”。

那段时间我光喝烧酒，没服用安眠药，但失眠长年伴随着我，久病成医，我对多数安眠药都挺熟悉，面前这一盒DIAL的药量，确实足以致死。虽然盒子尚未开封，但肯定是之前什么时候动过心，才会用指甲抠掉标签藏在这里。可怜的芳子，她不懂标签上的英文，以为这样就没人知道了吧。（你绝无罪过。）

我尽量不发出响声，悄悄往杯子里倒满水，然后慢慢地打开盒子的封条，一股脑把全部药倒进嘴里，冷静地喝光了杯中的水，然后关灯睡下了。

我像死了似的睡了三天三夜。医生认为是误服药而暂时没报警。据说我将醒之时，说出的第一句胡话是“我要回家”。我当时所指的家是哪个家，我本人也不知道，那么说了之后，我还痛哭了起来。

眼前雾蒙蒙的感觉渐渐散去，我看到比目鱼一脸不痛快地坐在枕边。

“上一次也是年底呀，大家都忙得团团转的时候，总挑年底来搞这样的事，真是要我命啊！”

在听比目鱼说话的，是京桥酒吧的老板娘。

“老板娘。”

我叫了一声。

“嗯，怎样？醒了？”

老板娘的笑脸几乎盖在了我的脸上。

我眼泪唰唰地流着，说：

“请让我和芳子分开吧。”

我也没想到自己说出了这样的话。

老板娘直起身来，轻轻叹了口气。

接下来，一句出乎意料的话又从我嘴里脱口而出，滑稽愚蠢得难以形容：

“我要去没有女人的地方。”

“哈哈哈——”比目鱼首先大笑起来，老板娘也扑哧笑了，我一边流着泪，也红着脸苦笑起来。

“嗯，那样最好。”比目鱼一边猥琐地笑个没完，一边说，“最好到没有女人的地方去，有女人在，你就好不了。去没女人的地方是个好主意！”

没有女人的地方。不过，我这句没过脑子的胡言乱语，后来却一语成谶，变作非常悲惨的现实。

芳子好像认定我是代替她服毒了，对我比之前更加战战兢兢，我说什么她都不笑，而且很少开口说话，我待在公寓房间里颇感憋屈，于是还是出门了，依旧买了廉价酒仰头痛饮。然而，服安眠药那件事以来，我身体变得瘦骨如柴，四肢乏力，画漫画的工作也三天打鱼，两天晒网。那天比目鱼来探望我时留下了慰问金（比目鱼递过来时说这是“涩田我的一点心意”，说的好像是他自己掏腰包的钱，其实都是故乡的哥哥们凑的。我自己也和当初从比目鱼家出走时不同，比目鱼那点装腔作势的演技，虽然云遮雾罩，但我也能看穿。我也狡猾地佯装不知，对着比目鱼煞有介事地表示感谢。可比目鱼他们为什么搞如此繁复的门道，我对此似懂非懂，怎么想都觉得奇怪），我打定主意，用这笔钱一个人去了南伊豆的温泉观光。不过，我不是那种能享受悠长的温泉之旅的人，一想到芳子，就觉得无比孤寂，远不能有从旅馆房间远眺群山那样的平静心境，棉袍不换，温泉不泡，只是跑到外头脏兮兮的茶馆似的地方去，喝烧酒把自己灌得烂醉。我的身体一日不如一日，不得已回到了东京。

那天夜里，东京下了大雪。我喝得醉醺醺的，在银座背街，反反复复轻声哼着“这里离故乡几百里，这里离故乡几百里”，一边唱一边用鞋尖踢着霏霏下个不停的雪走着。突然，我吐了，那是我第一次咯血，雪地上印上了一面偌大的太阳旗。我蹲下来好一会儿，然后在旁边掬起一捧干净的雪，一边洗脸一边哭了起来。

“这是何处的小路？

“这是何处的小路？”[1]

小女孩哀怜的歌声，如幻听一般从远处隐约飘来。不幸。这世上有各式各样不幸的人，不，即便说这世上都是不幸的人也不为过。但是，他们的不幸，可以向世间堂堂正正地抗议，而“世间”对此也容易理解并同情，而我的不幸，全源于自身的罪恶，无法向任何人抗议，而且要支支吾吾地说一句抗议口气的话，比目鱼等世间的人们全部都会目瞪口呆地说：“你还有脸说！”究竟我是俗话说的“任性妄为”，还是相反——太过懦弱？我自己也不得而知。总之我就像是那积聚成块的罪恶，不幸自会越滚越大，没有任何具体的制止之策。

我站起身来，想着得先找点合适的药，于是去了附近的药店。与药店老板娘对视的瞬间，她像被闪光灯猛然照了一下似的，昂首圆目，像根柱子般呆立住了。不过，她瞪圆的眼里既没有惊愕，也没有厌恶，反倒似是一种求救，甚至爱慕的眼神。啊，她一定也是个不幸的人，不幸的人之间会有敏锐的感知——我这么想时，忽然发现老板娘腋下拄着拐杖，颤巍巍的。我克制住了跑过去靠近她的冲动，和她四目对视着眼泪就流了出来，而她的大眼睛也泪水盈眶了。

我一句话也没说，就这样离开了药店，踉踉跄跄地走回公寓，让芳子冲了盐水喝了，然后默默睡下。第二天，我谎称有

1　日本江户时代的一首童谣中的歌词。

点感冒，又睡了整整一天。到了晚上，我还是对这次没别人知道的咯血感到格外不安，于是起来去了那个药店，这回我笑着把自己迄今的病况如实告诉了老板娘，咨询她的意见。

“必须要戒酒了。”

我们就像是亲人一般。

“也许是酒精成瘾。我现在还想喝呢。”

“那不行。我丈夫得了结核，却硬说喝酒能杀菌，变成个酒鬼，结果自己折了寿。”

“我整天担心，害怕得不行。”

“我给你拿药。酒是一定不能再喝了。”

药店夫人（是个寡妇，有一个儿子曾在千叶还是哪里的医科大学念书，不久就染上了他父亲一样的病，现在正在休学住院。家中还躺着中风的公公。夫人自己五岁时得了小儿麻痹，一只脚完全不听使唤）撑着拐杖走着碎步，那边的药架上找找，这边的抽屉里翻翻，为我配齐了各种药。

“这是造血剂。

“这是维生素针剂，这是针筒。

“这是钙片。这是淀粉酶，为了保护肠胃吃的……”

她“这是什么，这是什么”地向我介绍了五六种药，语气中充满了爱心。然而，这位不幸的夫人的爱心对我而言过于深厚了。最后，她说了句“这是实在忍不住想喝酒时应急的药”，迅速地递给我一个用纸包好的小盒子。

是吗啡注射液。

夫人说："比起喝酒，这个对你的伤害小些。"我相信她的话，而且醉醺醺的确实令人感到肮脏，我也很久没尝到脱离酒精这恶魔的喜悦了，于是毫不犹豫地往自己胳膊上注射了吗啡。担忧、焦躁、羞怯等皆一举消除，我又变回了那个活泼又能言善辩的漫画家。而且，打了针之后我连身体的衰弱都抛在脑后，全心全意画漫画，灵感泉涌，一边画一边不禁笑出声来。

我本来打算一天打一针，却变成了两针、四针，到了不打针就没法工作的地步。

"这样可不行呀，成瘾了就麻烦了！"

听药店夫人这样说，我觉得自己已经是个相当严重的成瘾者了。（我很容易被他人的暗示牵着鼻子走。即便知道"不能把这钱花掉"，但倘若有人说"花不花是你自己的事"，我就会产生一种这钱不花掉不好、不花掉就辜负了别人的奇怪错觉，然后必定当场就把钱花掉。）我为了消除对药物成瘾的担忧，反而变本加厉地求助于它。

"求你了！再来一盒。月底我一定把药钱付了。"

"钱什么时候付都没事，但警察那边可不好交代呢。"

啊，我身上永远笼罩着这种见不得光的人的气息，浑浊阴暗，引人怀疑。

"警察那边能想办法蒙混一下吗？求你了，夫人，我亲亲你吧！”

夫人一下子脸红了。

我得寸进尺，说：

“没药的话，一点也工作不下去啊。对我来说，那就是大补药。”

“那不如干脆打激素好了。”

“别开玩笑了，要么喝酒，要么打那个针，否则工作不了。”

“酒绝对不能喝！”

“就是嘛，我用了那个药之后，一滴酒也没沾。多亏了你，我身体也好了。我也不愿意总画那些差劲的漫画，从现在起，我要把酒戒了，弄好身体，好好学习，一定当个大画家给你看。现在是要紧关头，所以呀，求你了。我亲亲你好吗？”

夫人笑了起来，说：

“真受不了你，成瘾了别来找我啊。”

她又撑着拐杖走着碎步，去药品架上取下了药，说：

“不能给你一整盒，你马上就用完了，给你半盒吧。”

“真小气！好吧，没办法。”

回家后，我马上打了一针。

“不疼吗？”

芳子惴惴不安地问道。

“当然疼啦。但为了提高工作效率，再疼也得打。我这一阵子很精神吧？好，开工！工作，工作！”

我不无得意地说道。

有一次，我深夜去敲药店的窗户，夫人穿着睡袍，拄着拐杖，走着碎步出来，我突然上去抱她吻她，装作要哭的样子。

夫人一句话也不说，递给我一盒药。

药和酒一样，不，相比起来更是肮脏之物。等我意识到这点的时候，自己已经完全药物成瘾了。想来真是无耻至极，为了能得到药，我又开始炮制春画的复制品了，甚至和药店身有残疾的夫人都有了丑陋的不伦关系。

我不想活了，索性死掉算了，已经无法回头了。不管做什么，怎么做，我都会失败，耻上加耻。骑自行车去看绿叶中的瀑布——我压根就不应该对此有所期待，终究只是罪上添罪，徒增巨大的苦恼而已。我想死，必须死。活着就是罪孽的种子——尽管沉湎于这样的思绪，我仍旧一味狂乱地奔走于公寓和药店之间。

工作得再多，用药量也水涨船高，赊欠的药费多得吓人，夫人每次见我都泛起泪光，而我也潸然泪下。

地狱。

还有一个从这个地狱逃脱的最终手段，倘若失败了，就剩下上吊这一条路了。怀着赌一赌神是否存在的决心，我给故乡的父亲写了一封长信，把我所有的实际境况（关于女人的事，实在没好意思写）一一告知了。

可结果更加糟糕了，等来等去都没回音，我越发焦躁不安，反而增加了用药量。

我暗自下定决心，今晚一口气打十针，然后去跳河。然而这天下午，比目鱼像魔鬼一样嗅到了什么，带着堀木来了。

“听说你咯血了？”

堀木在我跟前盘腿坐下，和善地微笑着，这光景之前从没看到过。这和善的微笑令人感激、高兴，以至于我转脸流下了眼泪。于是，他一个和善的微笑，就把我完全击溃，彻底葬送了我跳河的决心。

我被带上了汽车。“无论如何必须要住院，剩下的事交给我们好了。”比目鱼也和善地劝我（我甚至想用“大慈大悲”来形容那平静的语调）。我犹如丧失了意志和判断力一般，只是哭泣不止，唯唯诺诺地听从他们两人所说。加上芳子我们一行四人，坐着汽车颠簸了很长时间，直到周围天色渐暗时，车子到达了森林里一所大医院的门口。

我以为那只是一所疗养院。

一位年轻医生温柔而认真地为我做了检查，然后说：

“好了，就在这里静养一段时间吧。”

他说话有些羞怯，微笑着。比目鱼、堀木和芳子把我一个人留在这里回去之前，芳子把装着换洗衣服的布包袱交给我，然后一言不发地从腰带里掏出针筒和用剩的药剂递给了我。她以为这真的是大补药吧。

“不，已经不需要了。”

这实在是稀罕事。拒绝别人给我的东西，可以说这是我有生以来第一次。我的不幸，即是欠缺拒绝的能力所带来的不幸，总是害怕一旦拒绝别人给的东西，对方和自己的心中便会赫然出现一道永远无法修复的裂痕。但是在那一刻，我确实自然地拒绝了之前疯狂索求的吗啡，大概是被芳子“神明般的单纯”所打动了吧。在那一瞬间，我就已经摆脱药物成瘾了吧。

然而接下来，我被那位腼腆微笑的年轻医生送进了一间病房，然后门咔地锁上了。原来这里是精神病院。

那次吃安眠药说出的胡话“我要去没有女人的地方”，竟然如此奇妙地变成了现实。这栋楼里清一色是男性病人，连护士都是男的，一个女人也没有。

现在的我，已不只是罪人，而且是个疯子。不，我断然没有疯，一刻也不曾疯过。可是，唉，大概疯子都这么说自己。就是说，关进这医院的都是疯子，而没关进来的则是正常人。

我要问神：不抵抗是种罪吗?

我为堀木那奇怪而美好的微笑流泪，忘却了判断和抵抗，跟着上了车被带到这里，变作疯子。即便现在从这里出去，我还是个疯子，不，是个废人，废人两个字刻在我的额头上。

我失去了做人的资格。

我已经完全不是人了。

到这来时是初夏时节，铁窗外是医院的庭院，看到小池子里红色的睡莲开着。三个月过去后，院子里的波斯菊开始绽放时，没想到故乡的大哥带着比目鱼来了，办手续接我出去。大哥用他一贯严肃紧张的语气告诉了我父亲上个月因胃溃疡去世的事，并说："我们不会在意你的过去，你也不必再为生活发愁，什么都不干也可以。但是，不管你对东京还有多少留恋，都必须马上回乡下养病。你在东京干的那些好事，涩田会帮着善后，不必担心。"

此刻，故乡的景色仿佛就在眼前，我微微点了点头。

真是废人一个。

得知父亲过世之后，我变得更加颓废了。父亲已经不在了，那个一刻也未曾离开我心中的让我怀念又恐惧的存在，已经不在了。我装满苦恼的心壶如今空空如也，甚至让我觉得，这壶过去那么沉重都是父亲的缘故。我完全泄了劲，连苦恼的能力也一并失去了。

大哥完全兑现了对我的承诺。离我出生长大的小镇乘汽车往南走四五个小时，有个气候温暖的海滨温泉，在东北难得一见。在离村子稍远的地方有座破旧的茅屋，虽然有五个房间，但墙壁都剥落了，柱子也有虫蛀，几乎无法修缮。大哥将它买下给我住，还为我雇了一个年近六十、一头红发的丑陋女佣。

之后又过了三年多，期间我遭受了那个名叫阿哲的老用人好几次离奇的性侵，有时跟她像夫妻一样吵架。我的肺病时好时坏，身体忽瘦忽胖，偶尔吐血痰。昨天，我让阿哲去药店买点“卡尔莫钦”安眠药回来，结果买来的药盒子跟往常不一样，我也没太在意，睡前一口气吃了十粒却总也睡不着，正觉得奇怪，肚子就不行了，赶紧跑去厕所一通狂泻，而且一而再再而三地跑厕所。太奇怪了，我再仔细一看药盒，上面写着“黑诺莫钦”，是一种泻药。

我仰面躺着，肚子上放了个汤婆子，心想非得好好说一下这个阿哲。

“你啊，这不是卡尔莫钦！这是黑诺莫钦！”

我劈头盖脑地说着，自己呵呵笑了。“废人”这个词，看来是喜剧名词。想吃了药入睡，却吃了泻药，而且那个药的名字叫黑诺莫钦。

如今的我，既无幸福，也无不幸。

一切都会过去。

在这个地狱般的所谓“人”的世界里苟活至今，我觉得只有这句话像是真理。

一切都会过去。

今年我即将二十七岁，但因为长了太多白发，在大多数人看来已经四十多了。

后记

我并不直接认识写手记的这个疯子。但手记中提到的京桥站立式酒吧老板娘这个人物，我倒是略为知道。她个子小，脸色不怎么好，眼睛细长而眼角上挑，鼻子高高的，有种刚毅的气质，与其说是个美人，更像个美男。手记主要写的似乎是昭和五到七年那段时间发生在东京的事。朋友曾经带我去过两三次那个京桥的酒吧，喝威士忌苏打，那是昭和十年前后，正值“军部”即将露骨地走向战争暴乱之时，因此，时间上我没机会见到手记的作者。

今年二月我去千叶县船桥市拜访一位疏散到那的朋友，他是我大学时代的同窗，现在是某女子大学的讲师。实际上，我曾经拜托他为我一个亲戚做媒，所以得去问问情况，另外，我也想采购一些新鲜海产给家里人尝尝，于是就背上背包出发去船桥了。

船桥是一个临靠海边滩涂的大市镇，我的朋友新搬过去，所以我拿他新家地址向当地人打听，大都不太清楚。天气冷，背包也把肩膀勒得很疼，我便随着一阵唱片里的提琴声，推开了一家小吃店的门。

老板娘看上去脸熟，一问之下，原来正是十年前京桥那个小酒吧的老板娘。老板娘好像也马上想起我来，彼此都颇觉惊奇，笑了起来。那阵子，人们见面一定是互相询问有没有遭到过空袭，而我们没谈那个，只是感慨地寒暄起来。

“你看上去一点都没变啊。”

“哪里，老太太啦，一身老骨头。你才显年轻呢！”

“哪里哪里，孩子都有三个啦。今天就是为他们出门买吃的来了。”

我们就这样说了一通久别重逢的寒暄话，然后互相打听共同认识的人后来的消息，正说着，老板娘突然语气一转，问我：“你以前认识小叶吗？”我说我不认识，老板娘进里屋拿了三个笔记本和三张照片递给我，说：

“这些，或许是写小说的材料呢。”

我这人写不了别人强加给我的题材，故而当场就想把材料还给她（关于那三张奇怪的照片，我在序言里已经提过），但被那三张照片吸引住了，于是决定先向她借阅那三册笔记，走时来这里还。我又问她认不认识在某街某号的女子大学老师的家，她说认识，因为同是新搬来的，还说：“那位老师偶尔还过来店里呢。”原来我朋友的家就在附近。

那天晚上，我和朋友一起喝了点酒，在他家住了一晚。我一晚上没睡，抱着那三册笔记耽读。

虽然笔记里所写的是从前的事，但现代的人读起来也一定觉得意味深长。我寻思，与其由我班门弄斧地加笔润色，还不如原原本本地给某个杂志社发表来得更有意义。

给孩子们的海产，我只买了些干货。我背上背包，向朋友辞行，然后经过那家小吃店。

“昨天太谢谢你了，对了……”我接着直截了当地说，“这几册日记，能否借给我一段时间？”

“嗯，请拿去吧。”

“这个人，还在世吗？”

“那就不知道了。大概十年前，京桥的店里收到一个包裹，里面就是这些笔记和照片，寄件人肯定是小叶，可包裹上却没有他的地址和名字。空袭时乱糟糟的，它们和其他东西混在一起，居然神奇地幸存下来了，我也是最近才全部读完……”

“哭了吗？”

“没有，与其说哭……唉，不行啊，人要成了那样，就不行了啊。”

“十年了，他可能已经过世了。这些也许是作为谢礼寄给你的吧。写得多少有些夸张，但是你也为他遭了不少罪啊。倘若这全部都是事实，而我也是他的朋友的话，说不定我也会带他去精神病院呢。”

“这都怪他父亲呀。”

然后，她若无其事地轻轻说道：

“我们认识的小叶，是个单纯、聪明的人，只要他不喝酒……不，即便他喝酒……也是个神一样的好孩子。”

斜阳

一

清晨，母亲在饭厅喝了一匙汤，轻轻地叫了声：

“啊。”

“有头发？”

我以为有什么脏东西掉进了汤里，便问道。

“不是。”

母亲若无其事地又舀了一匙汤送进嘴里喝了，转过脸把视线投向厨房窗外盛开的山樱花，就这么侧着脸看着，又轻快地把一匙汤送进她那樱桃小嘴里。用“轻快”来形容母亲这一动作绝无夸张，它与妇女杂志上介绍的用餐方式截然不同。有一次弟弟直治一边喝酒，一边对我这个做姐姐的说道：

“不一定有爵位的就是贵族。有的人虽无爵位，却拥有天爵[1]的风范，那是杰出的贵族；也有像我们这样的，只有爵位之名，却谈不上是贵族，跟贱民倒是差不太多。像岩岛（直治的一位有伯爵名号的同学）那样的人，比新宿烟花柳巷里拉客

1 指有与生俱来的高尚品德的人。

的掌柜更下作。这家伙最近参加柳井（也是弟弟的一位同学，是子爵家的次子）哥哥的婚礼，穿了件燕尾服，你说有什么必要非得穿燕尾服来啊？这倒也罢了，席间致辞时，这混账居然用起了装腔作势的敬语，令人作呕！装腔作势和有品味，完全是两码事，前者不过是卑劣的虚张声势罢了。本乡一带有许多挂着‘高级寄宿’招牌的宿舍，实际上大部分所谓‘华族’[1]，也只是高级乞丐而已。真正的贵族，不会去做岩岛那般拙劣的装腔作势之事。在我们这样的家族里，真正可以算是贵族的，也只有妈妈一个吧。妈妈是货真价实的贵族，我们望尘莫及啊。”

就拿喝汤来说，我们通常身子稍微前倾，横着拿匙子舀一口汤，横着送进嘴里；母亲则用左手的手指轻轻扣在桌子边缘，上身不前屈，抬着脸，汤碗也正眼不看，拿匙子横着舀一匙汤，然后像燕子掠过一样——姑且这样形容，极其轻盈而鲜活地将匙子与嘴巴呈直角，让汤从匙子的尖端流入双唇之间。而且，一边漫不经心地旁顾四周，一匙接着一匙，像翅膀轻盈翻飞似的搬送着汤汁，一滴也不会洒落，全然听不到喝汤以及碗碟碰撞的声音。这或许不合乎正式的礼法，但在我眼中，母亲的样子可爱极了，这才是汤的正确喝法。而且，与身体前倾、横着匙子喝汤相比，上身自然挺直，让汤从匙子尖流

1　明治时代至第二次世界大战结束前存在的贵族阶层，1947年随着战后日本宪法的颁布而正式废除。

进嘴里，确实会让汤出奇地美味。不过，我就是直治所说的那种高级乞丐，母亲那样轻快自然的喝汤方式，我做不来，无奈只好死心，上身前倾对着汤碗，按所谓的“正式礼法”郁闷地喝着。

不仅是喝汤，母亲吃饭也是如此离经叛道。肉一端上来，她就用刀叉飞快地将其切成小块，然后把刀放一边，换右手拿着叉子，叉起一块又一块的肉从容吃着，很是享受。还有，吃带骨头的鸡肉时，我们小心翼翼地把肉从骨头上切下来，生怕弄出碗碟声响，而母亲却满不在乎，用手指一把抓起骨头部分，接着用嘴巴将肉剥下来，干净利落。那样的野蛮动作，母亲做起来却显得无比可爱，甚至有种奇妙的性感，不愧是正宗贵族，果真非同凡响。不光是带骨鸡肉，就连午餐的火腿和香肠，母亲有时也是用指尖轻轻抓着吃的。

“知道饭团为什么好吃吗？那是因为啊，它是人用手捏出来的呀。”

母亲这样说过。

我也曾想过，用手抓着吃大概会好吃吧，但我这种高级乞丐要是拙劣模仿，弄不好那可就成真乞丐了，所以还是忍着没有学。

连弟弟直治都说没法跟妈妈相比，我也越发觉得想要学母亲太难了，甚至令人绝望。记得有一个初秋的夜晚，月色很美，我和母亲两人在池边的亭子赏月，边笑边说着狐狸嫁女和老鼠嫁女嫁妆有何不同时，母亲突然站起来，走进亭子旁的胡枝子丛深处，在胡枝子白色的花簇间露出她更白皙的脸，微笑着问道：

“和子，猜猜我现在在做什么？”

“在摘花吧。”我回答道。

妈妈听了轻声笑了笑，说：

“我在小便呢。”

母亲一点也没蹲下来，真令人惊讶。我打心里觉得母亲真是太可爱了，自己想学也学不来。

从今早喝汤，一下子扯得有点离题了。不过我前一阵子读了本书，说是路易王朝时代的贵妇们，也曾毫不在乎地在宫殿的庭院、走廊角落等处小便，那样的天真无邪委实可爱，我想，母亲也是最后一个那样的贵妇吧。

再回到今天早上，母亲喝了一小口汤，轻声“啊”地叫了一声，于是我问她是不是汤里有头发，她回答说不是。

“是不是太咸了？”

今早的汤，是我用配给制领到的美国青豆罐头过滤后做成的法式浓汤。我本来对做菜就没什么自信，母亲虽回答我说不是，我还是有点忐忑，追问了一句。

“汤做得味道很不错。”

母亲很认真地说。把汤喝完后，她用手拿起紫菜包的饭团，吃了起来。

我从小就觉得早餐不好吃，不到十点肚子都不感觉饿。所以那时候我勉强喝完了汤，但主食却懒得吃，于是把饭团搁在碟子上，用筷子戳进去弄碎，然后夹起一块，像母亲喝汤那样，让筷子和嘴巴呈直角，简直就像喂小鸟似的把那小块饭塞进嘴里。我还在慢吞吞地吃着时，母亲已经把早餐全吃干净了，她轻轻站起身来，后背靠在洒满阳光的墙壁上，默默地看了一会我吃饭的样子，说：

“和子呀，这可不行。早餐应该是最好吃的一顿饭才对。”

“您觉得早餐好吃吗？”

“好吃呀，我已经不是病人了嘛。”

“我也不是病人了呀。”

“还不行，还不行。”

母亲边笑边摇摇头，显得有些寂寞。

五年前我得了肺病，卧床不起，但我知道那是因为我不注意身体而得的病，母亲最近的病反倒真令人担忧和伤心。虽然这样，母亲却只顾担心我的身体。

“啊。”

我叫了一声。

“怎么了？”

这回是母亲问我。

我们心有灵犀似的对看了一眼，我扑哧笑了，母亲也微笑了起来。

每当难以忍受的羞耻感袭来，我就会发出那奇妙而又细微的“啊”的叫声。刚才，六年前离婚时的情景色彩鲜明地浮现心头，于是我情不自禁地叫了一声。而母亲的叫声却是为何呢？她没有像我这般不光彩的过去，或许，也有点什么吗？

“您刚才也是因为回忆起了什么吗？什么事呢？”

“忘记了呀。”

“和我有关的事？”

“不是。”

“直治的事？”

“是的。”母亲说完又歪着头想了想，“可能是吧。”

弟弟读大学期间被征兵入伍，派到南方的岛屿上，一直杳无音信，战争结束后也下落不明。虽然母亲说“已经做好了今生再也见不到他的准备”，但这种“准备”，我一次也没做过，我相信一定有重逢的那一天。

“我虽说已不抱什么希望了，但喝着这么美味的汤，想起了直治，还是好难过。当初该对他再好些才是。”

直治读高等学校时，埋头于文学，生活过得像不良少年似的，不知让母亲操了多少心。即便如此，母亲喝一小口汤也还会思念起他，发出“啊”的一声。我吞下一口饭，不由得眼圈一热。

“直治没事的，他这种恶棍，才不会那么容易死呢。死的都是那些老实规矩、美貌和蔼的人。直治呀，拿棍子揍他也打不死的。”

母亲笑了，逗我说：

“这么说来，和子会不会早死啊？”

“哎哟，为什么呀？我可是恶棍头子，活到八十岁没问题！”

“是吗？那样的话，我活到九十岁没问题啦！”

“嗯，那是当然。”

这么说完我有点发窘。恶棍长命，美人早夭。母亲是个美人，可我希望她健康长寿。我陷入了两难。

“您净捉弄我！”

我说着，下嘴唇一阵颤抖，眼泪簌簌掉了下来。

要不说一下有关蛇的故事吧？四五天前的下午，住附近的孩子们在院子的竹篱笆丛里，发现了十个蛇蛋。

孩子们很确定地说：

“这是蝮蛇的蛋！”

我一想，倘若十条蝮蛇生出来，这院子以后就没法随便进了，便说：

“把蛋都烧了吧！”

于是，孩子们欢欣雀跃地跟在了我后面。

我们在竹丛旁，堆了树叶和柴，点着火，把蛇蛋一个个丢进火中，蛇蛋却很难燃着。孩子们又往火堆投进更多树叶和小树枝，火势更旺了，但蛇蛋仍旧没有烧起来的意思。

一个农家姑娘在篱笆外笑着问道：

“你们在干什么呀？”

“在烧蝮蛇蛋呢。蝮蛇生出来的话太可怕了！”

“多大的蛇蛋啊？”

“像鹌鹑蛋那般大，白白的。”

“那就是一般的蛇蛋吧，不是蝮蛇蛋。生的蛇蛋可不容易燃着啊。”

姑娘一副觉得这事很可笑的样子，笑眯眯地走了。

烧了大概三十分钟，可总是烧不着，我就让孩子们从火堆里拾回蛇蛋，埋在了梅花树下，找了些小石子堆成个墓的形状。

“来，大家一起拜一下吧！”

我蹲下来双手合掌，孩子们也都乖乖地在我身后蹲下来合掌拜了拜。然后我和他们道别，一个人慢慢走上石阶，在石阶上看到母亲站在藤条棚的树荫下，她说：

“真可怜啊，亏你做得出来。”

“我以为是蝮蛇呢，结果说是一般的蛇。不过已经把蛇蛋好好埋了，没事儿。”

说是这样说了，但这件事被母亲看见了，我总觉得不太好。

母亲并非是个迷信的人，但十年前父亲在西片町的家里过世后，她就变得很怕蛇。父亲临终时，母亲看见他枕边掉了一条黑色的细绳，没细看刚要去捡，而那原来是条蛇。那条蛇哧溜哧溜地逃去了走廊，然后便踪影全无了。看到这一幕，母亲与和田舅舅对视了片刻，大概不想惊动房间里的临终仪式，两人便默默忍住了，没有吭声。我们当时虽也在场，但对出现了蛇这事，一无所知。

然而，就在父亲过世那天傍晚，院子水池边的树上都爬满了蛇，这是我亲眼看见的。我现在是个二十九岁的阿姨了，十年前父亲去世时我也已过了十九岁，不是个小孩了。所以即使过了十年，那时的情景还是印象鲜明，应该不会记错。我为了剪些花用来供奉，走到院子的水池边，正站在一株杜鹃花旁时，忽然看见杜鹃花的枝头上缠绕着一条小蛇。我吃了一惊，刚想折一枝旁边的棣棠花，没想到那花枝上也缠绕着一条。再看旁边的桂花、小枫树、金雀花、紫藤、樱花，每棵树上都缠绕着蛇。不过我并没那么害怕，只觉得那些蛇大概也和我一样，为父亲过世感到悲伤，都从洞里爬出来祭拜父亲的亡灵吧。后来我把院子里看到蛇的事悄悄告诉母亲，她很冷静，微微歪着头，似乎在想什么，却没说一句话。

不过，这两件蛇的事，其实使母亲之后变得极其讨厌蛇。与其说是讨厌，不如说是敬畏，总之对蛇产生了畏惧的心理。

母亲发现我们烧蛇蛋，一定是感到非常不吉利。我也一下子觉得这事相当可怕，不由得分外担忧，怕会给母亲带来厄运，接下来好几天都不能忘怀。今早在饭厅里，我大嘴巴胡说什么红颜薄命之类不着边际的话，说出口又不能自圆其说，禁不住哭了，一边收拾早餐的碗筷，心里犹如爬进了一条让母亲折寿的邪恶小蛇，难受极了。

这天，我又在院子里看到蛇了。这是风和日丽的一天，我做完厨房的活，正想将藤椅搬到院子草坪上，坐下织点毛线，刚搬起藤椅走下石阶，却发现院子山石旁的细竹丛里有蛇。哎呀，讨厌。我这么一想，没往深处考虑，把藤椅搬回檐廊，坐下来开始织毛线。到了下午，我想去下院子一角的佛堂，从收在里面的藏书中，把洛朗森[1]的画集找出来。才走下院子，看见有条蛇慢悠悠地在草坪上爬过，跟早上看到的那条蛇一模一样，修长而优雅。我觉得那是一条女蛇。它安静地横穿草坪，爬到野蔷薇的阴影处，停下来高昂起头，吐出细焰般的舌，微微颤动，然后四顾张望片刻，便垂首伏下，一副惆怅的样子。我当时只顾着想，这真是一条美丽的蛇啊。过了会，我就去佛堂取了画集，折返时瞥了一眼刚才蛇在的地方，它已经不见了。

黄昏时分，我和母亲在中式厅里一边喝茶，一边眺望庭院的景色，在石阶的第三段，早上那条蛇又缓缓露出了踪影。

“那条蛇是……”

母亲看见后念叨着起身跑到我身边，握着我的手呆呆地站

1　法国女画家。

着。她这么一说，我也一下子醒悟过来，脱口而出：

“是蛇蛋的母亲？”

“对，对呀。”

母亲的声音都沙哑了。

我们手握着手，屏息默默凝视着那条蛇。它在石阶上惆怅地缩成一团，然后又蹒跚地动了起来，浑身乏力似的，横穿过石阶爬进了燕子花丛中。

“从清早起，它就在院子里爬来爬去。”

我小声说着。母亲叹了口气，疲惫地坐进椅子，用低沉的声说道：

“是吧，大概在找蛇蛋呢，真可怜。”

我无奈地笑了笑。

夕阳照在母亲脸上，她的眼睛映出蓝色，稍带怒意的面容美丽动人，让我不禁想扑到她怀里。啊，母亲的脸，竟然有点像刚才那条忧郁的蛇。而我心中盘踞着的那条蝮蛇般丑陋的蛇，也许哪天就会把这条充满忧伤的美丽母蛇咬杀并吞食殆尽。我不知为何有了这样的感觉。

我的手搭在母亲柔软苗条的肩上，莫名地坐立不安起来。

日本无条件投降那年的十二月初，我们舍弃东京西片町的老房子，搬到了伊豆这栋略带中式的山庄里来。父亲过世后，我们家的生计一直由母亲的弟弟和田舅舅照顾，他也是母亲家里唯一的亲人了。战争结束了，世道也变了，和田舅舅跟母亲说支撑不下去了，只有把老房子卖了，把用人都遣散这一个法子。母女两个人去哪买个整洁的乡村小房子，自由自在地生活也不错。母亲这个人，对金钱诸事比孩子都外行，和田舅舅这么说了，母亲就都交给他办了。

十一月底，舅舅寄来快信，说在骏豆铁路沿线，有一处河田子爵的别墅在挂牌出售。房子建在高处，视野开阔，有一百坪[1]的田地，附近还是赏梅胜地，冬暖夏凉，住下来一定会感到满意的。所以有必要与对方直接面谈，明天请务必到他在银座的事务所去一趟。

“母亲，去吗？”我问道。

“那当然，之前拜托他办了不是。”

母亲很落寞地笑了笑说。

第二天，母亲拜托以前的司机松山陪同，过午时出了门。晚上八点左右，松山把她送回了家。

“定下来了。”

母亲进了我房间，手支在桌子上颓然坐下，说了这句话。

“定了什么？”

“全部。”

“可是……”我吃了一惊，“是怎样的房子，我们都还没看

1　日本面积单位，1坪约3.306平方米。

呢……”

母亲一只胳膊撑在桌上，手轻轻支着额头，低声叹了口气说：

“和田舅舅说了，那地方不错，我觉得就这样闭着眼搬过去，估计也可以。”

母亲说完抬起头，微微笑着，脸色稍显憔悴，美极了。

“也是。”

母亲对和田舅舅的信任打动了我，于是我附和道：

“那我也闭上眼睛了！”

两人放声大笑，而后又觉得分外寂寞。

接下来的每天，都有工人到家里来，打包行李做搬家的准备。和田舅舅也来了，安排各种事情，把该卖的东西卖掉。我和女佣阿君又是收拾衣物，又是在院子里把无用杂物烧掉，忙得不可开交。母亲既不帮忙收拾，也不发号施令，每天在自己房间里，磨磨蹭蹭地干着什么。

“怎么啦？不想去伊豆了？”

我索性稍带严厉地询问了母亲。

“不是。”母亲有点茫然地回答道。

过了十天，基本收拾完了。傍晚，我和阿君在院子里正烧着纸屑、稻草什么的，母亲走出房间，站在檐廊里，看着我们烧火，默然不语。西风寒凛，仿佛染上了灰色，将烟雾吹得匍匐在地上飘移，我偶然一抬头看见了母亲的脸庞，她的脸色从未有过地难看，我吃了一惊叫道：

“母亲！您脸色不好呀！”

母亲轻轻一笑：“没事的。”说完便悄悄回屋里去了。

那天晚上，由于被褥都已经打包好了，阿君就睡在了二楼西式房间的沙发上，母亲和我则共用一套从邻居那借来的被褥，一起睡在母亲房里。

母亲用一种苍老而孱弱的声音说道：

“因为和子，因为有和子在身边，我才会去伊豆的呀。都是因为有和子在。”

母亲说话的声音和内容让我大吃一惊，不由得问道：

“要是我不在呢？”

母亲突然哭了起来：

“那不如去死了。你父亲是在这个家里走的，我也想死在这里……”

母亲断断续续说着，哭得更厉害了。

母亲在我面前，从来没有说过这样软弱的话，也没见她哭得如此厉害过。父亲去世时，我出嫁时，怀孕回到娘家时，我在医院生下死婴时，我生病卧床不起时，还有，直治干了坏事时，母亲都没有在人前表现出这样软弱的态度。父亲身故十年，母亲跟父亲在世时一样没有变化，一直是一位悠闲而温柔的母亲，我们也在这样的娇惯中无忧无虑地成长至今。但是现在，母亲已经没钱了，为了我们，为了我和直治，毫无保留把钱都花光了。以至于我和母亲两个人已经不得不离开这个多年来住惯了的家，到伊豆的小山庄开始落寞的生活。倘若母亲留个心眼少花点钱在我们身上，对我们严厉一些，自个儿悄悄攒点私房钱，那么无论世道如何变化，她也不至于像今天这样生出想死的心吧。啊，没钱了是多么可怕、悲惨的事，如同万劫不复的地狱。我有生以来第一次认识到这一点，痛彻心脾，欲哭无泪，所谓人生的残酷，就是此刻的感受吧。我仰面躺着，身体僵硬如一块石头。

第二天，母亲脸色还是很差，依旧磨磨蹭蹭的，似乎想在这老家里尽可能多待一会儿。和田舅舅来了，说行李已经基本发出去了，让我们今天就动身到伊豆去。于是母亲缓缓穿上外套，默默地与前来道别的阿君和进进出出的人们点头打招呼，然后跟舅舅和我三个人离开了西片町的家。

火车比较空，我们三人坐了下来。车厢里，舅舅显得很开心，哼着歌，而母亲脸色不好，俯着身，看上去很冷的样子。在三岛换乘骏豆线，然后在伊豆长冈站下车，坐十五分钟左右的公共汽车，下了车再沿着缓缓的坡道往山上走，就看到一个小村落，村落的尽头有一栋精致的中式小山庄。

“母亲，这地方比想象的要好呀！”我喘着气说道。

“是啊。”母亲站在山庄门前，一瞬间眼睛露出了一丝欢喜。

“别的不说，空气好，新鲜的空气！”舅舅得意地说。

“还真是。”母亲微笑着说，“新鲜，这里的空气，真新鲜呀。”

说完，我们三个人都笑了。

从正门进去一看，东京运来的行李都已经到了，从玄关到屋里都堆满了行李。

“还有，客厅往外看的风景很好！”

舅舅来了兴致，把我们引到客厅坐了下来。

这时约莫下午三点，冬日的阳光软软地洒在院里的草坪上，从草坪走下石阶，有个小小的池塘，四周有很多梅树，院子下边是一片橘子地，然后是村道，路那边是水田，再往远处有一片松林，松林的另一侧是海，坐在客厅，海平线的高度刚刚够到我胸前。

“多么柔和的景色啊。”母亲稍带惆怅地说道。

“也许是空气的缘故吧，阳光和东京感觉不一样！光线像透过了薄纱似的。”我欢欣雀跃地说。

一楼有一个十张榻榻米大的房间和一个六张榻榻米大的房间，然后是中式厅，玄关和浴室都分别有三张榻榻米大小，还有饭厅和厨房；二楼有个西式客房，里面有一张大床。房间数量不太多，但我们两人，不，即便直治回家来，三人住也不算小了。

舅舅出门到村子里唯一的一家旅馆订了便当。过了会儿，他把送来的便当拿进客厅，喝起了从东京带来的威士忌，聊着山庄前主人河田子爵在中国游玩时的糗事，一副兴高采烈的样子，而母亲只拿起筷子吃了几口。不久，天色便暗下来了，这时母亲低声说道：

“让我睡一小会儿。”

我从行李中取出被褥，让母亲睡下，不由得担忧起来，便又找出体温计量了母亲体温，竟然有三十九摄氏度。

舅舅也大吃一惊，出门去村子里找医生了。

“母亲！”

不管我怎么喊，母亲都是迷迷糊糊的。

我紧紧握着母亲的小手，啜泣起来。母亲可怜，好可怜，不，我们两人好可怜啊，我的眼泪怎么也停不下来。哭着哭着，我真想和母亲一起死了算了。我们已经一无所求了，从离开西片町的家那刻起，我们的人生就终结了。

大概过了两小时，舅舅请来了村里的医生，他看上去一把年纪了，穿着仙台绫[1]的和服裤裙和白色和服袜。

“也许会得肺炎，不过，就算得了，也不必担心。”

他诊察完，说了这句让人心里没底的话，给母亲打过针就回去了。

第二天，母亲仍然高烧不退，舅舅交给我两千日元，嘱咐我万一需要住院，记得发电报到东京给他，然后当天就先回东京去了。

---

1 日本宫城县仙台一带产的高级绢织物。

我从行李中拿出最必要的炊具，做了粥端到母亲跟前。母亲躺着，喝了三匙子，然后摇了摇头。

快到中午时，村里的医生又来了，这回穿的不是和服裤裙，但还是穿着白色和服袜。

“是不是住院比较好……”我问道。

“不，应该没那个必要。今天打一针强效的，烧就会退了吧。”

医生的回答依旧让人心里没底，他打完所谓强效针就回去了。

不过，强效针似乎真的有奇效，那天中午过后，母亲满脸通红，大汗淋漓。换睡衣时，母亲笑了，说：

“说不定他是位名医呢。”

母亲的体温降到了三十七摄氏度，我高兴地跑到村里唯一的那家旅馆，拜托老板娘匀给我十个鸡蛋，回家煮得半熟，拿给母亲吃。她吃了三个，又喝了半碗粥。

第二天，村里那位名医又穿着白色和服袜上门了，我感谢他昨天打了强效针。他深深点了下头，好像在说“有效是理所当然的”，又帮母亲仔细诊察后，转过身来对我说：

“老夫人病已痊愈，从现在起饮食起居如常即可。”

他的说话方式还是有点古怪，我使劲忍着没笑出来。

我把医生送到门口，再回到房间，母亲已经坐了起来。

“真是名医呀，我的病已经好了。”

母亲看上去很高兴，发着呆自言自语似的说。

“母亲，我把拉门打开吧？在下雪呢！”

开始下雪了，雪花像一片片牡丹花瓣似的轻轻飘下。我打开拉门，和母亲并排坐在一起，透过玻璃窗眺望着伊豆的雪景。

“病已经好了。”

母亲又自言自语了一句。

“坐在这里，以前的事都像做梦似的。我搬家时，真不想到伊豆来啊，哪怕多一天半天，都想在西片町的家里待着不走。坐上火车的时候，我感觉自己只剩半条命了。刚到这里时还开心了一下，可天色暗下来之后，对东京的想念让我撕心裂肺，神志都不清晰了。这还真不是一般的病，神先杀死了我，又让我死而复生，变成了一个与昨日不同的我。”

之后，我们母女俩住在山庄，总算平安无事地生活到今天，村里的人们对我们也很亲切。搬来这里是去年十二月的事，过了一月、二月、三月，到今天已是四月了，我们除了做饭，其余时间基本上就在檐廊里做点针线活，或在中式厅里看书喝茶，过着几乎与世间隔绝的生活。二月的时候梅花开了，整个村庄都掩映在梅花里，即便到了三月，因为日丽风平的日子颇多，所以绽放的梅花丝毫没有衰败之势，一直美丽地开到三月底。清晨、中午、黄昏、夜里，梅花的绝美令人赞叹不已。无论何时，只要打开檐廊的玻璃窗，花香就会飘进屋里。三月末，一到黄昏必然起风，暮色中我在饭厅摆放碗碟，梅花的花瓣从窗户吹进来，落在碗中沾湿了。到了四月，我和母亲在檐廊织毛线，聊天的话题多半是田里该种点什么，母亲也想一起干活儿。啊，写到这里，我们真像母亲说的那样，死过一次，又死而复生变成了不同的人。不过，像耶稣复活这种事，凡人终究是不可能的吧。母亲虽然那样说了，但当她喝那一匙汤时，还是会想起直治，轻轻地叫出“啊”的一声。我自己呢，往日的伤痕也一点没有平复的样子。

啊，我想把一切如实地写下来，什么都不隐藏。有时我甚至暗暗觉得，山庄里安稳的生活，都不过是虚伪的表象。即便这是神赐给我们母女短暂休憩的时光，但在这祥和的表象之下，我也明显感觉到有个不祥的阴影正潜行而来。母亲尽管装出幸福的样子，可身体一天比一天衰弱，而我心中住着的那条蝮蛇，为了长大不惜将母亲作为祭品，无论我怎样压制，它都日复一日粗壮起来。啊，但愿这只是季节变换让人产生的胡思乱想。最近，我觉得这样的生活真难过下去，做出烧蛇蛋那样粗俗的事，肯定也是我心中焦虑的表现。而那样的事，也只会使母亲更加忧伤，身体变得更加衰弱。

“恋爱”，我写下这两个字后，一时写不下去了。

二

烧蛇蛋的事过了大约十天，又发生了不祥之事，进一步加深了母亲的悲伤，也缩短了她的生命。

我差点引发一场火灾。

一场火灾因我而起——这是我从小到大做梦也没想过的恐怖的事。

用火不当会酿成火灾，这么简单的道理我居然都忘了，难不成我真是那种不谙世事的“千金小姐”吗？

我夜里起来上厕所，走到靠近玄关的屏风处，感觉浴室那边很亮，若无其事地瞄了一眼，发现浴室的玻璃门被映得通红，还能听到噼啪噼啪的响声。我小跑过去打开浴室的小门，赤脚走到外面一看，烧水的火炉旁有一大堆木柴着火了，火势甚猛。

我跑到与我们家院子相邻的农家，拼命地敲门，大叫道：

“中井先生！快起来，着火了！”

中井先生似乎已躺下睡了，但还是回答说：

“好，我马上来！”

我还在说着“求您了，请尽快”时，他已经穿着睡衣从家里冲了出来。

我们两人一路跑回火堆旁，用木桶去水池打水。这时，客厅的走廊处传来了母亲“啊！”的惊叫声，我赶紧扔下水桶，从院子里跑上走廊，说：

“母亲，别担心！没事的，您回去休息！”

我一把抱住要倒下的母亲，带她回到卧室躺下，又跑回起火处。这次是从浴缸里舀水递给中井先生，他把水泼向木柴堆，但火势仍旧猛烈，没有要灭的样子。

“着火了！着火了！别墅着火了！”

叫喊声从村里传来，立刻有四五个邻居，弄开篱笆墙跑了进来，然后用木桶打了篱笆外贮水池里的水，接力传递过来，两三分钟之内就把火扑灭了。火差一点就烧到了浴室的屋顶。

刚松一口气，我发现了起火的原因，不由得大吃一惊。傍晚时，我从炉里把烧剩的木柴残烬取出，以为已经灭掉了，便放在柴堆边上，于是引起了这场火灾风波。我意识到是自己的责任，正呆立着想哭，就听到住在前面的西山家的媳妇高八度的说话声从篱笆墙外传来：“浴室都烧光了，对炉火太不小心了！”

藤田村长、二宫巡警、警防团[1]团长大内先生等人来到家

1　负责消防和防空工作的民间组织。

里，藤田先生像往常一样，面露亲切的微笑，问道：

“吓了一大跳吧，怎么回事啊？”

“是我没弄好，以为柴火已经灭掉了……”

我说到一半觉得特别丢人，眼泪就流出来了，低下头不再说话。我那时想，自己说不定会被警察当作罪犯带走，突然为此刻自己光着脚、穿着睡衣、凌乱狼狈的样子感到羞愧，落魄极了。

“明白了，你母亲怎样了？”

藤田先生用怜恤的口吻，平静地问我。

“在房间里歇息呢，她受惊了……”

“不过，”年轻的二宫巡警也安慰说，“好在房子没被烧。”

这时相邻农家的中井先生换了衣服，又过来了：

“说啥呢，不过是木柴烧着一点罢了，小火灾都算不上。”

他气喘吁吁地说，为我愚蠢的过失打掩护。

“原来如此，知道了。”藤田村长点了几下头，然后跟二宫巡警低声商量了一下，“那我们这就回去了，请向你母亲转达我们的问候。”

说完，他就和大内先生及其他人一起回去了。

只有二宫巡警留了下来，走到我跟前，声音轻得几乎只有呼吸：

“那今晚的事，我就不上报了。”

二宫巡警回去后，中井先生看起来颇为担心，紧张地问：

“二宫先生，说什么了吗？”

“他说不上报了。”我回答道。

这时从篱笆墙那又走来了别的邻居，似乎听到了我的话，纷纷说着“那就好，那就好”，陆续离开了。

中井先生道了晚安后，也回去了，只剩下我一个人，若有所失地站在烧尽了的柴堆旁，含着眼泪仰望天空，天色已近拂晓。

到浴室洗了脚和脸，有点害怕去见母亲，于是在浴室里梳好头发，磨蹭了一会儿，又去厨房做了些无用的餐具整理，直到天全亮了。

天亮后，我蹑手蹑脚走向房间那边一看，母亲已经起床更衣完毕，坐在中式厅的椅子上，显得很疲惫。看到我，她笑了，脸色苍白得让人吃惊。

我没笑，默默地站到母亲的椅子后面。

过了片刻，母亲说：

“不是什么大事，木柴就是用来烧的嘛。”

我突然就高兴了，嘻嘻笑了起来，想起那句《圣经》的箴言：“一句话说得合宜，就如金苹果在银网子里。”[1]有这样善解人意的母亲真幸福啊，我发自内心向神感恩。昨夜的事就留在昨夜吧，虽然过程让人郁闷，但总算了了。透过中式厅的玻璃窗，我远眺着伊豆清晨的大海，一直伫立在母亲身后，最后连

1 出自《圣经·旧约·箴言》第25章第11节。译文引自中文和合本。

呼吸的节奏也和母亲那平静的呼吸完全一致了。

稍微吃了点早餐后，我开始收拾火后的柴堆，村里唯一的那家旅馆的老板娘阿咲来了。

“怎么了？怎么了？我刚刚听说，昨晚究竟怎么回事啊？”

她边说边从院子的竹门小跑过来，眼睛里闪着泪光。

“对不起。”

我小声说道。

“别说什么对不起了，要紧的是警察那边怎么说啊，小姐？”

“说没事儿了。”

“啊，那太好了！“

她露出了由衷的笑脸。

我跟阿咲商量了一下如何向村民们表示感谢和歉意。阿咲说还是给礼金吧，并告诉了我具体该去哪些人家。

“小姐要是一个人去觉得为难，我可以和你一块儿去。”

“我一个人去比较好吧？”

“你一个人去可以吗？当然一个人去好些。”

“那我一个人去。”

接着，阿咲又帮我收拾了一下火后的柴堆。

收拾完后，我从母亲那拿了些钱，把一百日元的纸币一张张用美浓纸[1]包好，在外面写上了“致歉”。

---

1 原产于美浓国（现位于岐阜县）的厚实纸张。

我首先去了村公所。藤田村长外出不在，我把纸包递给值班的姑娘，表示歉意：

“昨晚真对不起，今后我会小心行事，请原谅！请代我问候村长。”

接着，我去了警防团长大内先生家，他来到门口，默默地对我悲悯地笑了笑，不知怎么的，我突然想哭。

“昨夜，对不起！”

我勉强说出这句话后便急忙告辞了，边走边流泪，妆都弄花了，只好先回到家，洗了把脸，重新化好妆，正要穿鞋出门，母亲走了过来，说：

“还要上哪里去吗？”

“嗯，要去好多家呢。”

我头也不抬地答道。

“真辛苦你了。”

母亲轻柔地说道。

母亲的爱给了我力量，这回我没哭，把全部人家都拜访完了。

到区长家时，区长不在家，他儿媳妇一见到我反倒是两眼泪花。在二宫巡警家，他安慰我说：“没事就好，没事就好。”大伙儿都很和善，我把附近的人家兜了一圈，他们对我的态度几乎都是同情和安慰，只有西山家的媳妇——一个四十来岁的阿姨——毫不留情地教训了我一顿。

“以后可要注意呀！我不知道你们是不是皇族啥的，但看着你们过家家一样的生活方式，真让人捏把汗。就像家里只有两个小孩子，之前没发生火灾反倒奇怪呢。以后真的要小心！你知不知道，昨天晚上风要是大点，全村可就烧光了呀！”

当中井先生等人冲到村长和二宫巡警面前袒护我们说“小火灾都算不上”时，正是这个西山家的媳妇，在篱笆墙外大叫：“浴室都烧光了，对炉火太不小心了！”不过，我觉得西山家媳妇的牢骚也不假，确实在理，因而我一点也不恨她。虽然母亲为了安慰我，开玩笑说“木柴就是用来烧的”，但那时要是风大的话，恐怕真会像西山家媳妇说的那样全村烧光。倘若那样，我就算以死谢罪，也无法挽回了。我若死了，母亲也不能独活，而且会让过世的父亲名声蒙羞。虽然现在不提皇族贵族了，但既然要毁灭，干脆就华丽地毁灭。因引发火灾谢罪而死，这样的死法我死不瞑目。总而言之，我要变得更可靠才行。

从第二天开始，我把劲儿都用在干农活上了，中井先生的女儿也不时过来帮我忙。自从出了火灾这样丢脸的事，我觉得自己浑身的血液好像变成了红黑色。从前的我只是心中住着邪恶的蝮蛇，现在连血的颜色都变了，渐渐变作具有野性的农妇，连跟母亲一起在檐廊里做毛线活也觉得枯燥沉闷，反而觉得还是去田里翻翻土来得轻松。

这就叫体力劳动吧？干这样的力气活我可不是头一回。战争期间我曾被征去做夯土的女工，现在下田干活时穿的胶底袜就是那时候军队发的。当时我第一次穿胶底袜这种东西，那舒服劲儿令人吃惊，穿上它在院子里走了走，我也体会到了飞禽走兽赤脚在地上行走的快感，兴奋到胸口疼痛。战争时期我的快乐记忆，只有这一件事。想来，战争真是个无聊的东西。

去年，无事发生。
前年，无事发生。
大前年，也无事发生。

战争结束不久后，这首有趣的诗登在一家报纸上。回想起来，发生了那么多的事，但似乎又好像什么也没发生。我讨厌说关于战争的回忆，也不爱听。尽管人死了那么多，但这个话题还是陈腐而无聊。不过，不知是否是我太自以为是，总觉得只有被征去穿上胶底袜夯土这件事没有那么陈腐。虽然当时对此也感到厌恶，但做夯土活让我身体变得结实了，所以即便现在生活变得困难，我也觉得自己可以靠着做夯土活生存下去。

战争局势逐渐变得绝望之时，有个穿得像军人的男人来到我们西片町的家，递给我一张征用通知，还有一张每天劳动的安排表。看到表上写着我第二天开始每隔一天就要去立川那边的山里头劳动，我不由得流下了眼泪。

“可以找人替我去吗？”

我眼泪流个不停，啜泣起来。

“军方征用的是你，必须本人去！”

那男人强硬地说。

我下决心自己去了。

第二天下雨，我们到了立川的山麓下排好队，首先是军官的训话。

“战争，我们必胜！”

他开了个头，接着说：

“战争必须赢得胜利，但各位若不听从军方的命令工作，就会给作战拖后腿，最后造成冲绳那样的结果。所以安排的工作必须完成！另外，这山上恐怕也混进了间谍，大家互相提防！从今天起，要向士兵一样进入阵地工作，因此，阵地内的情况绝不能向外人透露，这点要千万注意！”

山上烟雨朦胧，男女队员近五百人伫立在雨中，聆听着他的训示。队员中有国民学校[1]的男女学生，全都冷得耷拉着一张哭脸。雨水从我的雨衣渗入，湿了外衣，不久内衣也湿了。

那天，我干了一整天用网兜挑土的活，回家的电车上，我一直在掉眼泪。第二次去时是拉夯土绳，那是我觉得最有趣的

1　1941年至1947年间日本施行初等教育和前期中等教育的学校。

活了。

到山里去了两三回后，国民学校的男生们开始盯着我打量，讨厌极了。有一天，我正在挑土，两三个男生和我擦肩而过，我听到其中一个人小声说：

“那家伙是间谍吧？”

我吃了一惊。

“为什么他们那样说我呢？”

我问和我一起挑土并肩走着的年轻姑娘。

“因为你长得像外国人。”

年轻姑娘一脸认真地回答。

“你也觉得我是间谍？”

“不觉得。”

这次她露出了一丝笑容。

“我是日本人啊。”

我说完，连自己也觉得这是一句愚蠢的废话，一个人偷偷笑了。

某个晴朗的日子，我正和一帮男人搬运大木头，这时一个值班的监工军官皱着眉头指着我说：

“喂！你！到这边来！”

说完他快步向松林方向走去，我怀着不安和恐惧，心脏咚咚直跳，跟在后面。林子里头堆满了刚从木材厂运来的木板，军官在那跟前站住了，一下子转过身来对着我，露出一排白牙，笑着说：

“每天很辛苦吧？今天你就待在这看守木材吧。”

“就是站在这里吗？”

“这里凉快又安静，还可以在木板上午睡。要是无聊的话，或许你想读一读这本。”

说着，他从上衣口袋里掏出一本文库本的小书，放在木板上，有点羞涩地说：

“就是这本，可看看。”

文库本上印着：三驾马车。

我拿起书说：

“谢谢你，我家里也有爱看书的人，可如今去了南洋。”

他似乎误会了我的意思，摇了摇头，关切地说：

“是吗，是你丈夫吧。南洋那边太苦了。”

“总之，今天你就在这守着吧，你的便当我回头拿过来，你就好好歇着吧。”

他撂下这句话就急匆匆走了。

我坐在木材上，开始读那本文库本，读到大约一半时，伴着噔噔的靴子声，那位军官走了过来，说：

“给你拿便当来了。一个人无聊吧？”

他把便当放在草地上，又转身急匆匆走了。

我吃完了便当，爬到木材堆上，躺下来接着看书，全都读完后迷迷糊糊地睡着了。

一觉醒来已过了下午三点。我忽然觉得从前在哪见过这位年轻军官，但一下又想不起来。我从木材堆上爬下来，整理了一下头发，这时又传来了噔噔的靴子声。

“啊，今天辛苦了，可以回去了！”

我跑到军官身旁，把文库本递给他，想说些感谢的话，又一句也说不出来，只是默默地抬头看他，目光相接时，我的眼泪簌簌地掉了下来，军官眼里也闪着泪光。

就这样，我们默默地告别了。在我们劳动的地方我再也没见过他，我只在那一天悠闲了一日，之后便还是隔一天就到立川的山上干苦活。虽然母亲时常担心我的身体，但我的身体反而结实起来，对夯土的活也暗暗有了自信，并且成了一个在田里干活也不会感到痛苦的女人。

虽说战争是我讨厌提起和听到的话题，但我终究还是写了自己这段“珍贵的体验”。在关于战争的记忆中，只有这么点是我想说的，其余的事，就像那首诗写的：

去年，无事发生。

前年，无事发生。

大前年，也无事发生。

荒唐的是，战争留给我的，只有这一双胶底袜，真是虚梦一场。

说到胶底袜，不由得写了些废话，离题了。我每天就穿着这双“战争纪念品”的胶底袜下田劳动，掩饰着内心深处暗藏的不安和焦虑，而母亲近来看上去日渐衰弱了。

蛇蛋。

火灾。

从那时候起，母亲已经明显地呈现病态。而我却相反，逐渐变成了一个粗野庸俗的女人，总感觉是我一点点把母亲身上的精气神吸走，自己胖了起来。

火灾发生时，母亲开玩笑说“木柴就是用来烧的”，而且因为体恤我的心情，她后来再也没提起过火灾的事，但母亲内心所受的打击肯定是十倍于我。火灾发生后，母亲夜里有时发出呻吟，有时夜里风大，夜深时她便装作去洗手间，频繁起床在家中巡看。而且母亲脸色一直不怎么样，有时候连走路也显得勉强。之前她说要帮我做田里的活，有一回我不让她做，她还是用大水桶打了五、六次井水提到田里，第二天说肩膀疼得喘不过气来，在床上躺了一整天。在那之后她便对干农活一事死心了，有时来到田边，也只是目不转睛地看着我干活。

“听说喜欢夏花的人，也会在夏天死去，此话当真？”

今天母亲来看我干农活，冷不防说了这样一句话。我当时正默默地给茄子浇水。啊，这样说来，现在已是初夏时节。

“我喜欢合欢花，可这院子里一棵也没有呀。”

母亲静静地说道。

“这不是有很多夹竹桃嘛。”

我故作冷淡地回答。

“我不喜欢夹竹桃。夏天的花大多数我都喜欢，但那个，太招摇了。”

“我喜欢蔷薇，但那是四季都开的花，所以喜欢蔷薇的人，岂不是要春天死，夏天死，秋天死，冬天死，反复死四次？”

于是两个人都笑了起来。

“不歇一会吗？”母亲边笑边说，“今天呀，有点事想跟和子商量一下呢。”

“商量什么？如果是死的事，那可没门儿。”

我跟在母亲身后，走到藤架下，在长椅上并肩坐下。藤花开了又谢了，下午柔和的阳光透过树叶洒在我们膝盖上，把膝盖染成斑驳的绿色。

“之前就想问你了，想找个大家都心情好的时候，一直等着就到今天了，反正不是什么好事。不过，今天我好像可以一口气说出来呢，你也忍着点听我说完吧。其实，直治，他还活着。”

我身体僵住了。

“五六日前，和田舅舅来信了，有个以前在他公司工作的人，从南洋复员回来看你舅舅，天南海北聊到最后，他提到自己碰巧和直治待在同一个部队，直治平安无事，很快就会回来了。不过，嗯，有件麻烦事。他说，直治抽鸦片上瘾很严重……”

“又抽上了！”

我像吃了什么苦味之物似的，嘴巴都歪了。直治读高等学校时，模仿某个小说家，染上了毒瘾，为此欠下药店数目吓人的一大笔债，母亲为他还清债务，花了整整两年。

“是啊，又开始抽了。不过据那人说，要是毒瘾不戒掉，不会让他复员的，一定是治好了才允许回来。舅舅信上说，就算治好回来，有这口瘾的人，也不好马上让他找份工作，现在东京乱得很，在那工作连正常人也发疯，何况是刚治好毒瘾的半个病人，天知道会干出什么事来。所以啊，直治要是回来了，马上领他到伊豆的山庄，哪也不让他去，静养一段时间为好，这是其一。另外，和子，舅舅还嘱咐了一件事。据他说，我们的钱已经用光了，而且现在又是储蓄冻结，又是财产税，像以前那样给我们寄钱也变得很困难了。所以啊，直治回来和我们一起生活后，舅舅再要给我们筹生活费就太辛苦了。所以现在啊，和子要么找个人家嫁了，要么找个人家去做帮工，总归要选一样。舅舅是这么嘱咐的。”

“去做帮工？是去当女佣吗？”

“不是，舅舅说的是那家，住在驹场的……”

母亲提到了某个皇族的名字，接着说：

“舅舅说了，那个皇族跟我们还算是远缘亲戚呢，去帮点忙，兼做他们家小姐的家庭教师，和子也就不会觉得太寂寞无聊了。”

“就没其他可以干的工作了吗？”

“舅舅说，其他的工作，和子可能做不来。”

“为什么做不来？为什么？”

母亲只是寂寞地微笑着，一句话也没回答。

“我不想听舅舅的！”

我知道说了不该说的话，但实在没忍住。

“我穿着这样的胶底袜！这样的胶底袜！”

我说着，不由得流下了眼泪。我抬起脸，用手背擦掉眼泪，面向母亲。尽管心里知道不能这样，不能这样，但嘴里的话还是像没有意识、与肉体无关一般，连珠炮似的喷了出来。

“您以前不是说过吗？‘因为和子，因为有和子在身边，我才会去伊豆的呀’。不是说过要是我不在‘不如去死’吗？因为这样，正因为这样，我才一门心思哪也不去，陪在母亲身边，就这样穿着胶底袜，为妈妈种好吃的蔬菜。可听到直治要回来，您就一下觉得我碍事，打发我去做皇族家的女佣，这也太过分了，太过分了！”

我明知自己说得太过分了，但这些话语却像另一种生物似的，怎么也无法控制住。

“穷，没钱，可以把我们的和服卖了呀！把这个房子卖了不也可以吗！我什么都能干！我可以去做村公所的事务员，村公所不要我的话，我可以去做夯土的活。穷也没什么可怕的，只要母亲疼爱我，我就想一辈子陪在母亲身旁，可母亲比起我更疼直治吧。我走，我走就是了。反正我跟直治打小就性格不合，三个人在同一屋檐下生活，对彼此来说都是不幸。我之前一直和母亲两个人一起生活，已经没有遗憾了。接下来直治和母亲一起过，没别人打扰，直治也能好好孝顺一下母亲。我厌倦了，对至今为止的生活厌倦了。我走，今天马上走。我有地方去！”

我站了起来。

“和子！”

母亲厉声叫住我，我从没见过她这样，一脸威严，唰地站起来，面对我时个子显得比我还稍高一点。

我立刻想说声对不起，可话到嘴边又说不出来，反而是别的话脱口而出：

“您骗了我，妈妈您骗了我！在直治回来之前，您一直在利用我。我是妈妈的女佣，用完了，就打发我去皇族家去！”

我哇的一声哭了起来，站在原地放声大哭。

“你啊，真是个傻孩子。”

母亲低声说道，声音因为发怒而颤抖着。

我抬起脸，又说起了毫无道理的荒唐话：

“是的，我是傻，所以才被骗了呀。因为傻，被您嫌弃了，我不在就好了吧？穷怎么了？钱又算什么？我不懂！我只是因为相信爱，相信母亲的爱，才一路活到今天的！”

母亲把脸扭到一边，哭了起来。我想抱紧母亲跟她说对不起，但又对自己干农活的脏手有所顾虑，于是装着没看到，说：

“我不在就好了对吧？我走，我有地方去！”

撂下这句话，我小跑至浴室，一边抽泣着，一边洗了脸和手脚，然后回到房间，换衣服的时候又哇地大哭起来，心想要哭个够，就跑到二楼的西式房间，扑到床上，用毛毯蒙上头，哭得稀里哗啦没了人形，神智都有点迷糊。渐渐地，我思念起某个人，并且越来越想，难以抑止，想见到他的脸，想听到他的声音。这种心情犹如被艾灸炙烤着足底却忍住不动一般。

时近黄昏，母亲悄悄地进了房间，啪的一声打开灯，往床边走了过来。

“和子。”

母亲温柔地叫了我一声。

“嗯。”

我起身坐在床上，两手把头发往上拢起，望着母亲，一下笑了起来。

母亲也幽幽地笑了，把身体深深地坐进窗下的沙发里，说：

“我生来头一回，没听和田舅舅的吩咐……刚刚给他写了回信，我说：‘我自己的孩子，就由我自己安排吧。’和子，我们卖掉和服吧，我们两个的和服一件件地卖，然后尽情花钱，过奢侈的生活吧！我不想让你再干田里的活了，买贵些的蔬菜也行呀，每天那样干农活你可受不了的。”

其实，那一阵子我对每天干农活也开始觉得辛苦了。刚才那般半疯似的又哭又闹，都是疲惫与悲伤掺杂在一起，让我对一切都怨恨起来罢了。

我低着头，默默坐在床上。

“和子。”

“嗯。”

“你说你有地方去，说的是哪里？”

我意识到自己羞得脖子都红了。

“细田先生那吗？”

我没吭声。

母亲深深叹了口气，说：

“我说说往事行吗？”

“请说吧。”

我低声回应。

“你离开山木家，回到西片町时，我没怎么责怪你，只说了一句‘你辜负了我啊’，还记得吗？你听了就哭了……‘辜负’这个词我用得是过分了，对不起……”

但当时，我很感激母亲那样说，是因为高兴而哭的。

“那时说你辜负了我，不是因为你从山木家出走，而是因为山木先生告诉我，你跟细田好上了，我听了脸色都变了。细田先生很早以前就有夫人和孩子，不管你怎么倾慕他，也是不可能的事……”

“什么‘好上了’，太过分了！是山木先生想歪了！”

“是吗？你不会一直都惦记着那个细田先生吧？你说的‘有地方去’，是哪里呢？”

“不是细田先生那里啊！”

“是吗？那是哪里？”

“母亲，我最近在想，人与其他动物截然不同的地方是什么？虽然在语言、智慧、思考、社会秩序各个方面有程度上的差别，但其他动物也都有这些吧？说不定它们还有信仰呢。人自诩是万物之灵而狂傲不逊，但本质上跟其他动物也没什么两样不是？不过您不知道吧，只有一样东西，人类有而其他动物绝对没有，那就是秘密。您说是不是？”

母亲脸色微微红了，泛起了美丽的笑容：

“啊，和子的那个秘密，但愿能结出美好的果实。妈妈每天早晨都祈求你父亲保佑你的幸福呢！”

我心中突然浮现出父亲开车带我去那须野兜风，中途下车看到的秋天原野的景色。眼前开满了胡枝子、瞿麦、龙胆、黄花龙芽等秋天的野花，野葡萄的果实还泛着青绿。

后来是父亲和我坐汽艇游琵琶湖，我跳进湖水中，水藻中的小鱼轻触着我的脚，脚的影子清晰地映在湖底，摇曳着。这些前后无关的情景一下子涌上心头，须臾又消失不见了。

我从床上滑下来，抱着母亲的双膝，终于说出了口：

“母亲，刚才对不起。”

回想起来，那几天的日子就是我们俩幸福最后的残光。直治从南洋回来后，我们便迎来了真正的地狱。

三

这种心里没底的感觉，真让人不知道怎么活下去了。那名为“不安”的情绪在胸中不停地翻滚，犹如阵雨后的天空，白云匆匆而来，又匆匆而去，我的心脏时而缩紧，时而松弛，脉搏凝滞，呼吸渐弱，眼前混沌灰暗，全身的力气仿佛从指尖被一下子抽走似的，织毛线的活也做不下去了。

这些日子阴雨连绵，干什么都提不起劲，今天把椅子搬到挨着客厅的檐廊，打算继续织那件春天织了些许就放在一边的毛衣。毛衣用的是浅牡丹色毛线，有点灰蒙蒙的，我打算加一些天蓝色的毛线进去。这些浅牡丹色的毛线，还是二十年前我念小学时，母亲给我织围脖用的。围脖的一头是头巾，我戴上头巾看了一眼镜子里的自己，简直像个小丑，而且颜色也和其他同学的围脖完全不同，因此我特别讨厌它。有个关西纳税大户家的同学，用大人的口气表扬了一句“你戴着一个不错的围脖呢”，这让我更加难为情了，那之后便再没戴过那条围脖，一直丢在一边。到今年春天，我起了废物利用之心，把它拿出来拆了，想给自己织件毛衣，可是实在不喜欢这种灰蒙蒙的颜色，于是又丢在一边了。今天百无聊赖，无意间取出它，便慢慢织了起来。织着织着，发现这淡雅的牡丹色和雨天的灰色融为一体，形成一抹难以形容的柔和色调。原来我一直不知道，穿衣时考虑服装与天空色彩的协调是一件这么重要的事。协调——多么美丽而了不起啊！我感到一丝惊讶，甚至愕然。下雨时灰色的天空，与浅牡丹色的毛线合二为一，又把各自映衬得生气勃勃，真是不可思议。这样一想，手中的毛线一下子变得暖融融的，阴冷的雨天也像天鹅绒般柔软起来，令人联想起莫奈的那幅《雾中的维特尼》。我觉得这团毛线让我第一次懂得了法语“goût”的意思——高雅的趣味。母亲其实深知冬天下雪时的天色与这浅牡丹色两者多么协调美妙，故而特意为我挑选的，而我却傻乎乎地讨厌它。不过，母亲并没强迫儿时的我接受它，任由我把它丢在一边。过了二十年，我才真正懂得了这个颜色的美，而在这二十年间，母亲从没就此颜色对我解释过半句话，只是若无其事，默默地等待我有一天豁然开朗。我深深懂得了自己有个多么好的母亲，但同时，恐惧与担忧的阴云瞬间涌上我的心头——我和直治一直在折磨母亲，令她为难，日渐衰弱，恐怕不久于人世。我越想越觉得前途可怕，眼前浮现的尽是不好的事。这还怎么活下去呢？我感到极度不安，指尖也没了力气，把织针放在膝上，深深叹了口气，仰面闭眼，情不自禁地叫了一声：

“母亲。”

母亲正靠在客厅一角的桌旁看书，迟疑地回答道：

“怎么啦？”

我有点不知所措，故意大声说：

“蔷薇终于开花了！您看到了吗？终于开花啦，我刚刚才发现的。”

蔷薇种在挨着客厅的檐廊正前，那是和田舅舅从很远的地方——我忘了是从法国还是英国——带回来的。两三个月前，舅舅把蔷薇移植到了这山庄里。其实，我今天早上就知道有一株终于开花了，故意装作才发现，是为了闹出点动静来掩饰刚才的窘迫。这株花呈深紫色，凛然开放，显得高傲又强韧。

“我知道开了。”母亲静静地说，“你好像对这种事特别看重。”

“也许吧，是不是很可怜？”

“不是的，只是说你性格上有这个特点。给厨房里的火柴盒贴上雷诺阿的画，给人偶做手帕什么的，你喜欢做这种事。院子里蔷薇开了，听你说起来，好像在说一个大活人似的。”

“因为没孩子啊。”

这句我自己都没料到的话竟然脱口而出。我吃了一惊，低下头翻弄着膝上的毛线，陷入了一段难为情的回忆。

“都已经二十九岁了啊。”

我耳边回响起了一个男人的话，声音仿佛从电话里传来一般低沉而撩人。我害羞起来，脸颊一阵发热。

母亲什么也没说，继续看书。这一阵子她都戴着纱布口罩，也许是这个原因，近日她常常缄口不言。这口罩是听了直治的话开始戴的。直治大概十天前从南洋的岛屿归来，脸晒得黝黑。

预先没有丝毫联络，在一个夏日的黄昏，他从后面的木门走进了庭院。

“哇，不像话！这房子真没品味！不如挂个招牌：来来轩，有烧卖！”

这就是我们重逢时直治的第一句话。

那之前的两三天，母亲舌头不适，躺在床上。舌尖看上去并无异样，但她说一动就痛，膳食也只能喝些稀粥。跟她说让医生来看看，她也只是摇摇头，苦笑着说：

“会被人笑话的。”

我给她涂了些碘酒，可似乎没效果，我不由得焦躁起来。

就在这时候，直治回来了。

直治坐在母亲枕旁，说了声“我回来了”，低头行了个礼，又马上站起来，在小小的家中兜了一圈。我跟在他身后问：

“怎样？你觉得母亲变了吗？”

“变了，变了，憔悴了，不如早点死了好。这个世道，妈妈这样的人，太难活下去了。太惨了，我看不下去！”

“那我呢？”

“变庸俗了！看着像有两三个男人似的。有酒吗？今晚要喝一顿！”

于是我去了村里唯一的那家旅馆，跟老板娘阿咲说弟弟回来了，请她匀点酒给我。阿咲说不凑巧，店里现在没有清酒了。回家跟直治一说，他露出一副让我感到陌生的表情，“切，不会说话才买不回来吧！”说完问了我旅馆地址，趿拉着木屐跑了出去，左等右等都不见他回来。我做了直治过去爱吃的烤苹果，又用鸡蛋做了菜，然后给饭厅换上了明亮的灯泡，等了很久。就在这时，阿咲突然从厨房门口探个头进来。

“喂，没问题吧？他在喝烧酒呢。”

阿咲瞪大了她那双鲤鱼眼似的圆眼，像遇到大事一般压低声音说道。

“烧酒？是甲醇吗？”

“不是，倒不是甲醇。”

“喝了会生病吗？”

“不会，不过……”

“那就让他喝吧。”

阿咲咽了下口水，点点头回去了。

我走到母亲跟前告诉她：

“他在阿咲那喝酒呢。”

母亲微微撇了下嘴，然后笑着说：

“是吗？可能是因为把鸦片戒了。你赶紧把饭吃完，今晚我们三个人都睡这屋，直治的被褥就放我们中间。”

我听着想哭。

夜深时，直治沉重的步履声响起，他回来了。我们三人在客厅，钻进同一顶蚊帐睡下了。

“跟母亲讲讲南洋的事情吧？”

我躺着说。

“没什么好讲的，全忘了。回到日本坐上火车，车窗外的水田美极了。就这些。把灯关了吧，开着灯怎么睡啊。”

我把灯关了。夏夜的月光如洪水一般泻满了蚊帐。

翌日早上，直治趴在被褥上，一边吸烟，一边眺望着远处的大海。

“您舌头痛？”

他的口气好像刚刚才发现母亲身体不适似的。

母亲只是淡然一笑。

“那玩意儿肯定是心理作用。夜里您是张着嘴睡的吧？太不注意了，戴口罩吧。把纱布在利凡诺[1]里泡一下，然后放进口罩就行了。”

我听了不禁笑起来：

“这是哪门子治疗法啊？”

“这叫美学疗法。”

“但是，母亲肯定讨厌戴口罩的。”

1　Rivanol，外用杀菌药。

不只是口罩，眼罩、眼镜等凡是要戴上脸的东西，母亲一向很讨厌。

“母亲，口罩您戴吗？”我问。

“我戴。”

母亲一脸正经地低声回答。我吃了一惊。似乎只要是直治说的话，她都相信，一概听从。

吃完早饭，我按刚才直治说的，把纱布在利凡诺里泡了一下，做好口罩，拿去给母亲。母亲躺着没说话，接过口罩老老实实把绑带往耳朵上一挂，那模样就像年幼的小女孩，看得我悲从中来。

过了晌午，直治说要去东京，会一会朋友和文学方面的导师，换了身西装，向母亲要了两千日元就出门了，那以后大概十天都没回家。母亲每天都戴着口罩，等着直治回家。

“利凡诺，真是好药，戴上这口罩，舌头的疼痛就消失了。”

母亲笑着说。我却忍不住怀疑母亲在说谎。她嘴上说没事了，也能起床了，可看上去还是没什么食欲，也不太说话，令人担心。直治也不知在东京做些什么，和那个小说家上原先生在一块在东京四处游玩，肯定又被卷进东京疯狂的旋涡里了。我越想越难受，才会突如其来地对母亲提起蔷薇的事，然后又脱口而出了那句自己也没想到的“因为没孩子啊”，真是越来越没谱了。

我啊的一声站起来，也不知道去哪，行尸走肉般摇摇晃晃上了楼，走进了二楼的西式房间。

这间房是给直治的。四五天前我和母亲商量后，拜托中井先生帮忙，把直治的衣柜、书桌、书箱，以及塞满藏书和笔记的五六个木箱，总之把以前西片町家中直治房间的东西全搬到了这里来。直治从东京回来，就可按他喜欢的位置摆放它们，在那之前我觉得就先随便放着好了。因此，房间目前乱七八糟，几乎连落脚的地方都没有了。我不经意地从脚边的木箱里取出一本直治的笔记看了眼，封面上写着：

夕颜[1]日志

笔记中杂乱无章地写满了以下内容，似乎是直治染上毒瘾痛苦不堪时写的手记。

感觉要烧死了。虽然痛苦，却叫不出一言半语。不要隐瞒这种人类从古到今都未曾有过先例的、深不见底的地狱氤氲。

思想？是谎言。主义？是谎言。理想？是谎言。秩序？是谎言。诚实？真理？纯粹？都是谎言。牛岛的紫藤

1　葫芦花。黄昏开花，清晨凋谢。

号称树龄千年，熊野的紫藤号称数百年，其花穗前者九尺，后者五尺有余，而我也只倾心于花穗。

那也是人子，活着的人子。

所谓逻辑，是对逻辑的爱，不是对活生生的人的爱。

一旦遇到金钱和女人，逻辑便羞愧地急遁而去。

比起历史、哲学、教育、宗教、法律、政治、经济、社会那样的学问，浮士德博士已然勇敢证实了：一个处女的微笑来得更加尊贵。

所谓学问，虚荣的别名罢了。是人类要将自己变成非人所做的努力。

我可以面对歌德发誓，我能写出巧妙无穷的作品来。无可挑剔的通篇布局，适度的滑稽，让读者眼底烧灼的悲哀，或是令读者正襟肃然的完美小说，字正腔圆地朗读起来，就像是屏幕上的字幕——如此丢脸的作品，我能写出来吗？那种“杰作意识”本来就小家子气，小说读得正襟危坐更是疯子所为，不如干脆穿上正装礼服去看。其实，越是好的作品，越不会装腔作势吧。正因为想博得友人发自内心的欢笑，我才故意把小说写得蹩脚，最后一屁股坐在地上，爬起来挠着头逃掉。啊，当时朋友的笑脸真是无与伦比！

文不达意，人不正经，吹着玩具喇叭宣告：“日本第一傻瓜正是在下！你还算是不错的，好好活着！”我所怀着的这样的爱，到底是何物呢？

友人一脸得意，感慨道：“这是那家伙的坏毛病，真可惜。”他不知道有人爱着他。

世上有不是坏蛋的人吗？

没意思。

想要钱。

不然，

就在睡梦中死去吧！

欠药店的钱已近千元。今天，我偷偷把当铺掌柜带到家里，到我房间看一下有没有看得上的东西，有的话就拿去当了，急着用钱。掌柜也不认真看，就胡说道：“算了，这些又不是你的物件。”我于是硬顶回去说：“好，那就只拿我用自己的零用钱买的东西吧！”但我那堆破烂里，竟没有一件是可当的。

首先是一只手的石膏像，维纳斯的右手。这是一只大丽花般的手，一只雪白的手，就这么放在展示台上。然而仔细端详就会明白，这是维纳斯被男人窥见自己的裸体，吃惊之下娇羞袭来，一丝不挂的身体发烫并泛起红晕，扭转身躯时的手势。这使维纳斯几乎窒息的羞愧，经由这只手指没有指纹、手掌没有掌纹、雪白纤柔的右手楚楚可怜地展现出来，让观看者也感到痛心不已。不过，因为这只是件“不实用的破烂”，掌柜估价五毛钱。

其他的物件还有巴黎近郊的大地图，一个直径近一尺的赛璐珞陀螺，能把字写得比线还细的特制钢笔尖，这些都是我当宝淘来的东西，掌柜却笑着说：“先告辞了。”我赶紧拦住他说：“等等！”然后硬把一大堆书让掌柜背了回去，一共换了五元。我书架上的书都是些从旧书店廉价买来的文库本，因而当铺作价如此低廉。

我要解决的是一千元的欠款，可我只得了五元。我在这世上大概也就这点实力了，真是笑不出来。

颓废？但是，不这样做我就没法活啊。与指责我颓废的人相比，直接对我说“去死！”的人更让我高兴、爽快。然而，人们很少直接说“去死！”，这些吝啬又奸猾的伪君子！

正义？所谓阶级斗争的本质，并不在此。人道？别开玩笑了，我可一清二楚。都是为了自己的幸福，打倒对手、杀掉对手罢了。这不是在说“去死！”又是什么呢？别骗人了！

但是，我们这个阶级里，没有好货色。白痴、幽灵、守财奴、疯狗、吹牛皮的、假斯文的、高高在上往下小便的。

去死！他们连这句话都配不上。

战争。日本的战争就是自暴自弃。

我不想卷进这场自暴自弃中死去。我宁愿一个人独自死去。

人要说谎时，必先装得一本正经。看看近来领导者们那副一本正经的面孔。呸！

我希望与不在乎被他人尊敬的人交往。

不过，那样的好人，不会与我为伍。

我假装早熟，人们就在背后说我早熟。我假装懒惰，人们就在背后说我懒惰。我假装写不出小说，人们就在背后说我写不出小说。我假装撒谎，人们就在背后说我撒谎。我假装成有钱人，人们就在背后说我是有钱人。我假装对人冷漠，人们就在背后说我冷漠。然而，我真的在痛苦呻吟时，人们却在背后说我假装痛苦，无病呻吟。

怎么会如此南辕北辙呢？

最终，除了自杀，我没有其他出路。

如此受尽痛苦，但终归以自杀了结，想到这，我不由得放声大哭。

听说，在某个春日的早晨，旭日照在绽放着两三朵梅花的枝头，一位海德堡的年轻学生，悄悄地吊死在了那根树枝上。

“妈妈！你骂我吧！”

“怎么个骂法？”

“骂我窝囊废！”

“是吗？你这个窝囊废……这样可以了吧？”

妈妈的好，无与伦比。想起妈妈我就想哭。为了向妈妈道歉，我也得死。

原谅我吧！仅此一次，原谅我吧！

盲眼幼鹤，
年复一年。
纵然长大，
犹觉可怜！（元旦试咏）

吗啡、阿托罗莫尔、纳尔科蓬、全鸦片素、巴比妥、鸦片碱、阿托品。[1]

自尊是什么？所谓的自尊。

人，不，男人倘若不认为自己是优秀的、自己有过人之处，他就活不下去吗？

讨厌他人，亦被人讨厌。

看谁更聪明。

严肃=愚蠢

总而言之，只要活着，肯定会干骗人的勾当。

一封借钱的信：

“请回信。

请给我回信。

而且，一定要是好消息。

我预设了种种屈辱，独自呻吟。

我没在演戏，绝非如此。

求你了。

我羞愧得快要死了。

1　各种麻药、毒品的名称。

绝非夸张。

我每天都在等你回信，日夜身体颤抖不已。

不要让我失望。

隔壁传来窃笑声，深夜里，我在床上辗转难眠。

别让我丢脸啊。

姐姐！”

读到这里，我合上那本《夕颜日志》，放回木箱里，走向窗前，把窗户敞开，俯瞰白色烟雨中的庭院，回忆起那时候的事。

已经过去六年了。直治的毒瘾，成了我离婚的原因。不，不能这么说，就算直治没染上毒瘾，我迟早也会因为什么契机离婚，这似乎是我生来命中注定要发生的事。直治无力偿还药店的欠款，屡屡缠着我要钱。那时我刚嫁到山木家，不可能有那么多钱，拿婆家的钱偷偷给家乡的弟弟也很不合适。我与娘家随嫁来的阿关婆商量，把我的手镯、项链、礼裙等卖掉了。弟弟来信向我要钱，信上说：“因为痛苦和羞愧，不能和姐姐见面，连电话都打不了，所以请吩咐阿关，把钱带去京桥某町某号的茅野公寓，交给住在那的小说家上原二郎先生，姐姐应该也听说过此人。上原先生虽然风评不好，但他绝对不是那样的人，所以就放心把钱交给他吧。上原先生会马上打电话告诉我的，所以请务必这样安排。这次我染上毒瘾，唯独不想让妈妈知道，打算趁她还不知道，赶紧把毒瘾戒了。我会用姐姐借的钱还清药店的欠款，然后住到盐原的别墅去，把身体养好就回家。真的，我打算把药店的债清掉，从此再也不沾染毒品了，我向神发誓，请相信我。别告诉妈妈，让阿关去趟茅野公寓上原先生那儿，拜托了。”我按照他的意思，让阿关带上钱，悄悄拿去上原先生的公寓了。但是，弟弟信里的誓言终归是个谎言，他没去盐原的别墅，毒瘾反而越来越厉害，来要钱的信中言辞痛苦得近乎哀号，发誓这次必定戒了，悲切得令人不忍卒读。因此，尽管明知这次恐怕又是谎言，但最终还是让阿关卖掉了胸针等物，把钱送去上原先生的公寓了。

“上原先生是个怎样的人？”

“小个子，脸色很差，人不太热情。”阿关答道，“不过他很少在公寓，基本都是他太太和一个六七岁的孩子在那。太太也不是那么漂亮，但人很温柔，是个有修养的女人。把钱交给那位太太，倒是放心的。”

那时候的我跟现在相比，不，几乎没有可比性，简直判若两人，稀里糊涂、大大咧咧。然而弟弟一而再，再而三地要钱，而且越要越多，就连我也担心起来。有一天看完能乐[1]回家的路上，我在银座让司机开车先走，然后独自走去了京桥的茅野公寓。

1　日本传统戏剧。

上原先生正一个人在屋里看报纸。他穿着条纹夹衣，外披一件青底白花的褂子，既像老人，又像年轻人，犹如我从没见过的珍禽异兽。他给我的第一印象就是这么奇怪。

“我老婆，带着孩子，领配给品去了。”

他的声音略带鼻音，说话断断续续，大概把我当成他太太的朋友了。我说我是直治的姐姐，他哧地笑了，我不知怎的哆嗦了一下。

“出去走走吧。”

上原先生说着披上和服外套，从鞋箱里取出一双新木屐穿上，在我前面快步走出了公寓的走廊。

外面是初冬的日暮，寒冷的风似乎是从隅田川河面上吹来的。上原先生顶着这河风，右肩微耸，向筑地方向走去，一言不发。我快步小跑，在后头跟着。

我们走到东京剧场后面的大楼，下了地下室，二十张榻榻米大的狭长房间里，四五组客人围着各自的桌子安静地喝着酒。

上原先生用大杯子喝起了酒，也给了我一个大杯子，斟上酒。我喝了两杯，没什么感觉。

上原先生喝酒、抽烟，始终默默无言。我也没说话。我是第一次到这种场所来，却沉着平静，感觉良好。

“喝了酒就会好的。”

“什么？”

“不，我是说你弟弟，改成喝酒就好了。我从前也染上过毒瘾，那玩意一般人都避而远之，其实酒精也是大同小异的东西，但人们对它却意外地宽容。你弟弟以后就喝酒吧，怎么样？”

“我见过一次酒鬼。过新年，我要出门时，我们家司机的一个熟人坐在副驾上，脸红得像鬼，大声打着呼噜睡得死死的。我吓了一跳叫出声来，司机说他是个酒鬼，没办法，然后将他弄下车，用肩膀架着不知带去哪了。那人浑身没骨头似的，嘴里却念念有词。那是我第一次看到酒鬼，挺有意思的。”

“我，也是酒鬼。”

“啊？你不像啊。”

“你，也是酒鬼。”

“那怎么可能。我可是见过酒鬼的，完全不一样。”

上原先生第一次开心地笑了，说：

“那么，你弟弟或许不至于变成酒鬼，就变成个酒徒吧。回家去吧，太晚了不好吧？”

“不，没关系的。”

“不，说实话，是我带的钱不够了。服务员！结账！”

“不会太贵吧？不太贵的话，我带了些钱。”

“是吗？那就，你来付账吧。”

“也许不够呢。”

我看了下包里，告诉上原先生我有多少钱。

“有这么多，还可以喝两三家呢！你要我？”

上原先生板起脸说着，然后又笑了。

“再去哪里喝吗？”

我问道。他很正经地摇摇头，说：

“不了，喝太多了。给你叫辆出租车，你回家吧。”

我们沿着地下室昏暗的楼梯往上走，上原先生走在前面，走到楼梯中段时他突然转身对着我，飞快地亲了我。我紧抿嘴唇接受了他的吻。

尽管我并没喜欢上原先生，可从那时起我就有了“秘密”。上原先生啪嗒啪嗒地跑上了楼梯，而我的心情则出奇爽快，缓缓上楼走到外面，河风吹在面颊上舒服极了。

上原先生帮我叫了出租车，然后我们默默地分手了。

在颠簸的车上，我感到世间忽如大海一般辽阔起来。

“我有个情人。”

有一天，我被丈夫唠唠叨叨地抱怨，心情落寞之下，这句话脱口而出。

“早知道了，是细田吧？怎么也和他断不了吗？”

我一言不发。

每当我们夫妻闹别扭，这个问题必定会被搬出来说。我想，这样真的过不下去了。就像做裙子时面料裁错了一样，重新缝合已不可能，只能全扔掉换新的面料。

“你肚子里的孩子，该不会是……”

有天晚上，他这样说道。我浑身发抖，这太可怕了。如今想起来，丈夫和我都太年轻了。我不知道什么是恋爱，连什么是爱都不懂。我迷上了细田先生画的画，逢人便说：嫁给这样的人，日常生活该多么美好，不跟有着这般高雅情趣的人结婚，结婚就毫无意义。这样一来便被大家误解了。尽管如此，既不懂恋又不懂爱的我，还是大大方方地宣告自己喜欢细田先生，没有想过把说出去的话收回，所以莫名其妙地纠缠不清了，连睡在我肚子里的小宝宝也成了丈夫怀疑的对象。虽然谁也没公然说要离婚，但不知何时开始，周围的人对此已都心知肚明。于是我和随嫁的阿关一起回了娘家，然后生出了死胎，接着生病卧床，与山木之间就此断绝了联系。

对我离婚的事，直治也许感到有责任吧，说他要去死，哇哇地放声大哭，脸都哭青了。我问他药店的钱还欠多少，他告诉我是一笔可怕的数目。然而，弟弟还没敢说实话，后来才知道实际的总数是他当时告诉我的近三倍。

“我和上原先生见面了，是个好人呀。以后你跟上原先生一起喝酒一起玩，怎么样？酒当然也不太便宜，但如果是酒钱的话，我可以随时给你。药店还款的事也别担心，总会有办法的。”

我和上原先生见面，而且他是个好人——我这样说，似乎很令弟弟高兴，那天晚上，他跟我拿了钱，马上就到上原先生那玩去了。

毒瘾或许是种精神上的疾病。我称赞上原先生，然后向弟弟借了他写的书来读，看完后说："这人真了不起。"弟弟虽然嘴上说"姐姐你懂什么呀"，但看得出他很高兴，又把另一本上原先生的书递给我让我看，渐渐地他的小说我也认真读了起来。我们两人常常一嘴长一嘴短地聊上原先生，而弟弟则几乎每晚都堂而皇之地去他那玩。一来二去，似乎真如上原先生计划的那样，弟弟逐渐从毒品转向了酒精。关于药店的欠款，我悄悄跟母亲商量，母亲一手遮着脸，愣了好一会儿，才抬起头寂寞地笑了笑，说："再怎么想也于事无补，虽然不知要还多少年，但我们每个月能还一点是一点吧。"

在那以后，六年过去了。

夕颜。啊，弟弟也很苦吧，而且现在前途渺茫，真不知该做些什么，只好每天醉生梦死，借酒浇愁。

索性咬牙做个彻头彻尾的坏人，这样弟弟或许会轻松一些吧？

"世上有不是坏蛋的人吗？"弟弟在笔记中这样写。这么说来，我也是个坏蛋，舅舅也是，母亲也是。坏，是不是一种温柔呢？

四

要不要写封信呢？我犹豫了良久。不过今天一早，忽然想起耶稣曾说“要灵巧像蛇，驯良像鸽子”[1]，于是神奇地有了劲头，决定给您写信。我是直治的姐姐，您忘记了吗？若是忘了，请回忆起来吧。

直治前阵子又去打扰您了，给您添了不少麻烦吧，真对不起。（不过说真的，直治做什么是他的自由，我替他道歉纯属多管闲事，毫无意义。）今天写信，不是为直治的事，而是我自己有事情求您。听直治说，京桥的公寓受灾后，您搬到了现在这个东京远郊的住址。我很想来拜访您，但家母前些日子身体微恙，我无法抛下她自己赴京，故而决定写信给您。

有一件事，我想跟您商量。

此事倘若从以往《女大学》[2]的观点来看，或许太过狡

1 出自《圣经·新约·马太福音》第10章第16节。译文引自中文和合本。

2 日本江户时代教育女子修养、道德的书。

猾、卑鄙，甚至是恶劣的罪行。然而我，不，我们以目前的情况，已经很难活下去了。您是弟弟直治在世上最尊敬的人，我想诚恳地向您倾诉我的心情，请求您指点迷津。

我实在不堪忍受现在的生活了。这远非喜欢或讨厌的问题，而是以目前的情况，我们一家三口很难活下去了。

昨日，我觉得难受，像是发烧了，呼吸困难，自己不知所措。过了晌午，农家的姑娘冒雨扛了袋米过来，我按事先说好的把衣物给了她。在饭厅里面对面坐下喝茶时，姑娘很坦率地说：

"你靠卖东西生活，还能支撑多久啊？"

"大概半年、一年吧。"

我回答道。然后用右手半遮住脸说：

"好困啊，困得不行。"

"你太疲劳了，是会老犯困的那种神经衰弱吧？"

"大概是吧。"

我说着都要流泪了，心中猛然浮现出"现实主义"与"浪漫主义"这两个词。我一直没有现实主义。一想到如此境况能否生活下去，我便全身发冷。母亲是半个病人，时不时就得卧床休息；弟弟您知道的，是个有严重心病的病人，在这里每天上班似的去附近的旅馆兼餐馆喝烧酒，每三天还会拿着变卖我们衣服的钱上东京"出差"。不过，痛苦的还不是这些事。我日渐真切地预感到，在这样的生活中，我的生命正犹如芭蕉叶一般，虽未凋落，却行将腐烂，最终烂在枝头。这一幕令我恐怖不已，无法再支撑下去。因此，即便有违《女大学》的教诲，我也要逃离眼下的生活。

所以，我想向您请教。

我现在想对母亲和弟弟坦陈一件事：我一直爱着一个人，将来准备以他情人的身份生活下去。我确定您也知道这位先生是谁。他名字的首字母是M·C。一直以来，我但凡感到痛苦，就想跑去M·C那里找他，饱受相思之苦。

M·C跟您一样有太太和孩子，似乎还有比我更年轻漂亮的女性朋友。但是，我除了去M·C那里找他，人生已无路可走了。我虽然没见过M·C的太太，不过应该是个非常温柔亲切的人。一想到他太太，我就觉得自己是个可怕的女人，但我眼下的生活更加可怕，没法打消投奔M·C的渴望。“要灵巧像蛇，驯良像鸽子”，我要如此实现我的爱情。但是母亲和弟弟，还有这世上其他人，肯定都不会赞成我的做法吧。您觉得呢？当想到终归只能自己一个人独自思虑，独自行动，眼泪就流了下来。因为这是我人生第一次。这等难事，如何才能在周围人的祝福中完成呢？我像解代数因式分解的难题一样，为此绞尽脑汁，时而觉得只要找到某条线索，就能把这道题三下五除二漂漂亮亮地解开，便又突然有了精神。

不过，关键在于M·C是怎么看我的呢？想到这个我就泄气了。我这就是所谓的“倒贴”吧……甚至不是倒贴的老婆，而是倒贴的情人。所以要是M·C那边怎么也不愿意，这事就到此为止。因此，我想拜托您问他一声。六年前的一天，我心中朦胧出现了一道淡淡的彩虹，尽管那不是恋也不是爱，但随着岁月流逝，那道彩虹变得鲜明浓烈起来，时至今日，它一直在那里。阵雨后挂在晴空的彩虹，转瞬即逝，而挂在人心中的彩虹，却不会消退。请您问问那位先生，他对我是怎么想的？我在他心中留下过雨后的彩虹吗？还是早已无影无踪了？

倘若如此，我也要熄灭我心中的彩虹。不过，要是不先熄灭我的生命，我心中的彩虹就难以泯灭。

谨盼您的回信。

上原二郎先生（我的契诃夫，My Chekhov，M·C）。

最近我一点点胖了起来，与其说变得像个动物一般的女人，不如说变得更像个人了。这个夏天，我只读了一本劳伦斯的小说。

因为没收到您的回信，所以再写一封给您。之前那封信写得太狡猾了，充满了蛇一般的奸计，被您一眼识破了吧。说实话，那封信是我一行一行绞尽脑汁、费尽心机写出来的，结果让您觉得我写信给您只是为了索求生活上的援助，想要您的钱吧。对此我也并不否定。然而，如果我需要的只是一个金主，对不起，我还真不是非要选择您。喜欢我的老财主似乎不少，最近还真有莫名其妙来提亲的。那位先生的名字您或许也听过，六十多岁的单身老人，好像是艺术院的会员，称得上大师的人物，为了娶我而来到了山庄。大师曾住在我们西片町家附近，两家人因为是邻组[1]而时不时见面。有一天，记得是秋日的黄昏时分，母亲和我乘车经过大师家时，看见他一个人呆立在门边，母亲透过车窗向他点头打了个招呼，大师那紧绷着的铁青的脸，顿时变得比秋天的枫叶还红了。

“他是不是恋爱了？”我调皮地说，“他喜欢母亲吧！”

但母亲却平静地自言自语道：

“不，他是位大人物。”

尊敬艺术家似乎一直是我们家的家风。

据说大师的太太几年前过世了，通过和田舅舅一位皇族的谣曲票友向母亲提亲。母亲对我说：“和子就按照自己的想法直接回复大师吧？”我也没细想，反正不喜欢，就若无其事地随手写了封表达“我目前没有结婚意愿”的信。

“我可以拒绝吧？”

1　二战期间日本对居民的组织形式，约十户人家为一组。

“那是当然……我也觉得不合适。”

那时大师住到了轻井泽的别墅里，我便把信往别墅那寄了过去。可没想到，信寄出的第二天，大师就说到伊豆温泉办事，途中顺道来我们家拜访。他并不知道我已回信的事，在山庄见到他，实属意料之外。艺术家似乎不管多大岁数，都会像孩子一般任性行事。

因为母亲身体不适，便由我当主人接待他，在中式厅里给他上茶后，我说：

“那个，我给您寄了谢绝的回信，现在估计已到轻井泽了。我深思熟虑过了。”

“是吗。”他语气慌张地说，擦了把汗，“要不，再好好考虑考虑？我，怎么说好呢，也许精神上不能给你幸福，不过物质上，是无论如何都能让你幸福的，这一点我可以断言。这么说是不是太直接了？”

“您说的那个，幸福，我不太懂。我可能有些不知天高地厚，请您原谅。契诃夫给夫人的信里写道：‘生个孩子，生个我们的孩子！’尼采的随笔里也有‘想让她为我生孩子’这样的话。我想要孩子。幸福不幸福，对我而言无关紧要。我虽然想有钱，但只要有足够养孩子的钱就行了。”

大师奇怪地笑了笑，说：

“你真是个难得的人，不管对谁都有一说一。和你这样的人在一起，或许我工作的新灵感会从天而降呢！”

大师的话有点造作，不像他这岁数的人说的。像他这等了不起的艺术家，倘若真的因为我而在创作上焕发青春，倒是件有价值的事，不过，我无论如何也想象不出自己被这位大师抱在怀里的模样。

“即便我的内心没有一点爱意，也可以吗？”

我笑着问道。大师一脸严肃地说：

“女人是可以那样的。女人，糊涂一点也不碍事。”

“可是，像我这样的女人，心里没爱的话是不可能考虑结婚的。我已经是成年人了，明年就三十岁了。”

此话一出，我就不由得想捂住自己的嘴巴。

三十岁。女人，二十九岁为止还残留着些许少女的气息，但到了三十岁就荡然无存了——我忽然想起以前读过的法国小说里的话，难忍的寂寞一下子涌上心头。窗外，大海正沐浴着正午的阳光，玻璃碎片似的反射出刺眼的光芒。读那本小说时，我对其所言理所当然地接受了，觉得女人到了三十岁就万事皆休——如今真怀念那般坦然无虑的时光。随着手镯、项链、礼裙、腰带等一样一样从我身上消失，我身体的少女气息也逐渐变得淡薄了吧。贫穷的中年女人，真让人喜欢不起来。不过，中年女人的生活，仍然有女人生活的一面，最近我也慢慢懂得个中滋味了。我记得自己的英国女家教回国时，对十九岁的我这样说：

“不要恋爱，恋爱会带来不幸。如果要恋爱，等你再长大些吧，三十岁之后也不迟。”

但她的话让我愣住了。当时的我，无法想象三十岁以后的事。

“我听说这个山庄要卖掉了？”

大师的表情有点不怀好意，突然问道。

我笑了起来：

“对不起，我想起《樱桃园》[1]来了。您要把山庄买下来吗？”

大师显然敏感地察觉到我话中有话，有点恼怒地歪着嘴一言不发。

事实上确有传言，某位皇族要用新币[2]五十万元买下这座山庄自住，但此事后来没了下文，估计大师也听信了这个传闻吧。他大概是受不了我们把他看作《樱桃园》里罗巴辛[3]那样的家伙，故而满脸不快，扯了一会闲话就回去了。

我现在对您的请求，不是要您当罗巴辛，这点我可以断言。只是要您接受一个倒贴的中年女人。

和您第一次见面，已经是六年前的事了。那个时候我

---

1 契诃夫的戏剧作品，讲述一个俄国贵族后代坐吃山空，被迫卖掉祖传樱桃园的故事。

2 1946年发行的日本银行券。

3 《樱桃园》中买地建别墅的暴发户。

对您的为人一无所知，只知道您是弟弟的老师，而且是个名声欠佳的老师。我们一起用大杯子喝酒，然后您玩了个小小的恶作剧，记得吗？不过，我也没太当回事，只是莫名觉得一身轻松。因为当时我对您谈不上喜欢或是讨厌。后来为了让弟弟高兴，我向他借了您的书读，有时觉得有意思，有时觉得没意思，并不是个热心的读者。这六年里，不知从何时起，您就像雾一样渗进了我心里。那个晚上我俩在地下室楼梯上发生的事，突然鲜明生动了起来，似乎那是决定我命运的重大时刻。对您的这种思慕，也许就是恋爱吧，我意识到这一点时，不由得独自哭泣起来，觉得心虚无助，无所依靠。您和其他男人完全不同。我并非像《海鸥》[1]里的妮娜那样恋慕作家，我对小说家这个身份没有向往之心，您可不要把我当成文学少女。其实，我想生一个您的孩子。

如果在很早之前，您还是单身，而我也还没嫁到山木家时，我们相遇并结婚了的话，我或许就不会像现在这样痛苦不堪。不过我现在对和您结婚一事已经断念了，将您太太挤走那样卑劣的暴力行径，我是绝对不会做的，我即便是做妾（实在不想说这个字眼，但说情人，又跟一般所言的妾不同，我还是直截了当说了吧）也不会介意。但

1 契诃夫的戏剧作品。

是，这世间做妾的人，生活似乎都不好过。我曾听说，妾一旦派不上用场了就会被抛弃，而且快到六十岁时，不管什么男人都会回到原配身边。所以，西片町的老仆和奶妈都说，给人做妾是万万不可的。但话说回来，这只是就世间一般的妾室而言，我们之间的话，我觉得会不一样。对您来说，最重要的是您的创作，您倘若喜欢我，我们两人和睦相处也有助于创作吧。这样的话，您太太也会认同我们之间的关系。这逻辑虽然听起来奇怪又牵强，但我不觉得自己的想法有问题。

唯一的问题是您的答复。您是喜欢我，还是讨厌我，又或是无所谓？我虽然害怕您的答复，但不得不问个明白。我在之前给您的信里写了自己是"倒贴的情人"，这封信又写了自己是"倒贴的中年女人"，仔细想来，如果您不回信的话，我终究是无从倒贴的，大概只能独自呆呆地消瘦下去。毕竟没有您的回话，我是一筹莫展的。

现在突然想起来，您的小说也常常写为恋爱去冒险的故事，以至于世人说您是个恶棍，但您其实是个遵循常识的人吧。我不懂什么是常识，觉得只要能做自己喜欢的事，那就是好的生活了。我想生一个您的孩子，无论如何也不想生其他人的孩子，所以我才找您商量。您明白了就给我回信吧，把您的想法明确地告诉我。

雨停了，风一阵阵吹来，现在是下午三点。我这就去打些配给的一级酒（六合[1]）回来。我把两个朗姆酒的空瓶放在袋子里，把这封信塞进胸前的口袋，再过十分钟就出门到村里去。这酒我不打算让弟弟喝，我自己喝，每晚喝一大杯。清酒果然就该用大杯子喝。

您要不要来一趟？

M·C先生。

今天也是雨天，蒙蒙细雨像雾一样。我每日都待在家里等候您的答复，可时至今日还是没等到回信。您究竟是怎么想的呢？之前我在信里提到了那位大师的事，是不是不合适？莫非您觉得我写那件提亲的事，是想激起您的竞争心理？不过，提亲之事再也没下文了，刚才和母亲说起这事时大家都笑了。母亲前一阵子舌头痛，听直治的建议使用美学疗法治疗后不痛了，最近精神也好些了。

我刚才站在檐廊里，望着如雾的细雨被风吹起旋转而过，我又猜度起您的想法。

“牛奶煮好了，快过来吧。”母亲在饭厅叫我，“天冷，我把牛奶煮得热热的。”

我们在饭厅喝着热气腾腾的牛奶，聊起了前先日子那位大师的事。

1　日本容积单位，一合约为0.18升。

“那位先生和我本来各方面就不合，您说呢？”

母亲平静地说：

“确实不合。”

“我这么任性，又不讨厌艺术家，那位先生也有不错的收入，照理说跟他结婚是件好事，但我还是不行。”

母亲笑了。

“和子啊，你这孩子真难办，说不行不行的，那次还跟人家兴高采烈地聊了那么久，真搞不懂你。”

“哎呀，这怪不得我，因为很有趣嘛，我还想再多聊聊呢。我是不是太不稳重了？”

“不是，你就是爱黏着别人，黏人的和子。”

母亲今天精神特别好。

然后，她端详着我昨天开始高高盘起的发髻，说：

“高发髻适合头发少的人。这个发型对你来说太张扬了，像是要戴顶金色小皇冠似的，不适合。”

“那我可太失望了。母亲以前不是说过吗？‘和子脖子白，漂亮，尽量别遮住脖子’。”

“看你，就记得这点事。”

“被夸奖了一丁点，也要牢记一辈子。这样才开心嘛。”

“上次那位先生也夸奖你了吧？”

“是啊，也挺黏人的。说和我在一起灵感就会什么的，哎呀，受不了。我虽然不讨厌艺术家，但那般高高在上、道貌岸然的人，还是不行。”

“直治的老师，是个怎样的人？”

我吃了一惊。

“不太清楚，毕竟是直治的老师，据说是个挂了牌的坏蛋。”

“挂了牌的？”母亲露出愉快的眼神，喃喃地说，“这说法真有意思，挂了牌不是反而更安全了吗？像只脖子上系了铃铛的小猫，好可爱。没挂牌的坏蛋才可怕呢。”

“也是哟。”

我好高兴，太高兴了，身体几乎要化成一缕烟轻飘飘融入蓝天了。您能理解吗？为什么我这么开心？您不理解的话……我真要揍您了。

您真的不到这里来一趟吗？我要是让直治带您过来，会显得不自然，不如您乘着醉兴突然来一趟吧。跟着直治来也可以，不过，尽量还是趁直治去东京不在家时，您一个人来吧，直治在的话肯定拉着您去阿咲的店里喝烧酒，然后你们就一去不返了。我们家好像祖祖辈辈都喜欢艺术家，从前一个叫光琳[1]的画家，在我们京都家里住了很长时间，在拉门上给我们画了很美的画。所以您来的话，母

1 尾形光琳（1658—1716），日本江户时代中期的著名画家。

亲一定很高兴。大概会请您睡在二楼的西式房间，睡前别忘了关灯啊。我会一只手拿着小蜡烛，走上昏暗的楼梯找您——这样行吗？太仓促了吗？

我喜欢坏蛋，特别是挂了牌的坏蛋。我也想做一个挂了牌的坏蛋，除此之外我找不到别的生存方式。您是日本头号的挂牌坏蛋吧？听弟弟说最近又有很多人十分憎恶并攻击您，说您肮脏、龌龊，我却更喜欢您了。您这样的人，肯定少不了各种各样的红颜知己吧？但您渐渐地会只喜欢我一个人的，不知怎的，我这种感觉越来越强烈。而且您和我一起生活的话，每天都能愉快地工作。我小时候常被人说“和你一起就不觉得辛苦了”，迄今为止也从没被人讨厌过，大家都夸我是个好孩子。所以，我觉得您一定不会讨厌我的。

只要能见到您就好，事到如今也不需要您的回信了。我直接去您东京家里是见您最简单的办法，但母亲是半个病人，而我是贴身护士兼女佣，没法那样外出。求您了，请来一趟我们这吧，让我见您一面就行。见了面就什么都明白了。看看我嘴角出现的淡淡的皱纹，看看这悲伤绝伦的皱纹。我的面容胜过万言，会清楚地告诉您我心中的思念。

第一封信里我写到了我心中的彩虹，这条彩虹并非如萤光、星光那般高雅美丽。倘若那只是遥远幽微的思念，我就不必如此痛苦，假以时日就可将您淡忘。我心中的彩虹，是一道烈焰之桥，是能将我的心烧成焦炭的思念。毒瘾者没了毒品，求之不得时的心情，大概就是如此吧。我没犯错、我没有做坏事——我虽然这样想，但有时又突然觉得自己在做一件愚蠢无比的事，不由得一阵心惊，甚至常常怀疑自己是不是疯了。不过，我也会冷静下来做些计划。真的，您来一趟吧，什么时候来不要紧，我哪也不去，就在这等您，请相信我！

见面的时候，如果您不喜欢我就请明说。我心中的火焰是您点燃的，也请您把它熄灭，以我一人之力是无论如何无法熄灭的。总之见面吧，见了面我就得救了。倘若在《万叶集》和《源氏物语》那个时代，我所说的这些话就不足为怪了——我渴望成为您的爱妾，做您孩子的母亲。

假如有人嘲笑这样的信，那么他就是在嘲笑女人为生存所付出的努力，嘲笑女人的生命。我不堪忍受避风港内窒息的空气，宁愿扬帆出海，奔向港口外的大风大浪。收起的船帆毫无例外都是肮脏的，嘲笑我的人一定都是收起的船帆，百无一用。

我真是个难缠的女人。不过，这个问题中最痛苦的正是我自己。那些与此问题无关痛痒的旁观者，一边懒洋洋地收起丑陋的船帆，一边指手画脚，真是荒唐。我不想被人随意戴上某某思想的帽子，我没有思想，我从来不靠什么思想或哲学行事。

世上那些受人尊敬、众口皆碑的“好人”，都是满嘴谎言的伪君子，这点我很明白。我不相信世人，我站挂了牌的坏蛋这边。挂牌坏蛋——我愿意背负这个十字架死去，即便被千万人责难，也要反驳回去：你们是没有挂牌的更危险的坏蛋！

您明白了吗？

恋爱本没有理由。我说了太多所谓的道理，又觉得自己不过是跟着弟弟鹦鹉学舌。我只是在等待您的到来，只是想再见您一面，仅此而已。

等待。啊，生活虽充满喜怒哀乐，但这些感情只占据了人生的百分之一，而剩下百分之九十九的时间，人不都在等待中活着吗？等待着幸福的脚步声从走廊响起，在耳边响起，却总是虚空一场。啊，现实的人生太悲惨，以至于大家都觉得若不曾来到这世上就好了。每日从早到晚，我都在空等着什么，这何等悲惨。我多么希望能爱上生命、爱上人类、爱上这世间，从而感到生而为人是件快乐的事。

道德的束缚，能否挣脱呢？

M·C（不是My Chekhov的缩写。我并非恋慕作家。My Child[1]）。

1　我的孩子。

五

今年夏天，我给某个男人写了三封信，但没收到回信。因为无论怎么想都找不到除此以外的活路，所以我用这三封信写尽了心中之事，然后怀着从海角悬崖凝望怒涛并纵身跃下的心情把信寄了出去，但等来等去都没回音。我拐弯抹角地向弟弟打听那个人的情况，他告诉我那个人一如既往每晚喝酒闲逛，写越来越缺德的作品，被世人嫌弃、憎恨，还劝他做出版。直治对此他倒是大为心动，说要请那个人和另外两三位小说家当顾问，甚至还有人愿意投资。直治的话中，我恋慕的那个人身边没有丝毫我的气息。比起羞耻，这更让我觉得这世间跟我想象的完全不同，犹如一头奇怪的生物；而我孑然一身被抛下了，伫立在深秋黄昏的旷野之中，无论如何呼叫也没有回应，这样一种从没有过的凄怆感向我袭来。这大概就是失恋的感觉吧？在旷野中立尽黄昏，暮色深沉，在夜露冰冷中只有冻死一途——想到这，我心中恸哭，苦涩无泪，两肩和胸口战栗不已，连呼吸都要停止了。

已经这种状态了，无论如何我也要去东京，去见上原先生。我的船帆已经扬起，离开了港口，不能原地不动，必须到我要到的地方去。正在我暗中做去东京的准备之时，母亲身体出现了不太妙的状况。

有天夜里，母亲咳嗽得厉害，量了下体温，三十九摄氏度。

“因为今天太冷了吧，明天就没事了。”

母亲一边咳嗽一边小声说道。但我总觉得不对，这不是一般的咳嗽，所以决定明天请村里的医生来看一下。

翌日早晨，母亲的烧退到三十七摄氏度，咳嗽也基本止住了。不过我还是去见了村里的医生，告诉他母亲最近身体骤然变弱，昨晚发烧咳嗽，咳嗽声与一般感冒时不太一样，请他出诊看看。

“过一会儿就去。这个是别人家送的。”医生说着从客厅一角的壁柜里拿出三个梨子给了我。过午时分，他穿着白底的夏服来家里诊视，跟往常一样，长时间仔细地听诊、把脉，然后转过身来正对着我说：

“不用担心，吃些药就会好。”

我不知怎的觉得好笑，忍住笑问道：

“是不是要打针？”

他严肃地说：“没有那必要吧，只是个感冒，稍加静养就能好。”

然而，母亲的烧过了一周还是没退下来。咳嗽是止住了，可体温早上三十七度七，到了傍晚就三十九度。那位医生出诊的第二天好像就闹肚子休息了，我去取药时，跟护士说了母亲的状况不太好，请她转告医生，医生还是回复说只是普通感冒，不用担心，开了药水和散剂给我。

直治还在东京，十天了也不回来。我心里没底，就写了明信片给和田舅舅，告诉他母亲的状况。

发烧第十天，村里的医生终于说肚子好了，出诊来到家里。

他一脸认真地叩诊着母亲的胸部，叫了起来：

“知道了，知道了！”

然后他又转身正对着我说：

“发烧的原因我找到了，左肺有浸润。不过不用担心。虽然烧还会持续，但只需安心静养，不用担心。”

真是这样吗？我虽将信将疑，但医生的话还是让我稍稍安心了些，就像溺水的人抓到了一根稻草。

医生回去后，我说：

“太好了，母亲。一点点浸润，谁都会有的。只要精神振作起来，很容易就会康复的，都怪今年夏天天气不正常。夏天真让人讨厌，我讨厌夏天的花。”

母亲闭着眼，笑了：

“都说喜欢夏天的花的人，会死在夏天，我原以为我会死在今年夏天，可直治回来了，所以到了秋天我还活着呢。”

即便直治那副样子，他还是母亲活下去的精神支柱。我这么想着，心里难受。

“这个夏天已经过去了，母亲危险期的高峰也算越过啦。母亲，院子里的胡枝子开花了，还有黄花龙芽、地榆、桔梗、黄背草、芒草，整个院子都是秋天的气象。到了十月，您肯定都退烧了。”

我心里祈祷着：这个潮热的残暑九月，赶快过去吧。然后菊花盛开，连日都是晴朗的小阳春，到那时母亲一定退了烧，身体好了起来，而我也许就能见到那个人了，我的计划就能像大朵的菊花一样怒放。啊，十月快到来吧，只要母亲能退烧就好！

给和田舅舅的明信片寄出一周后，在舅舅安排之下，一位以前当过御医的三宅老先生，带着护士一起从东京来出诊。

因为老先生与我们过世的父亲有交往，母亲显得很高兴。另外，老先生向来不拘礼数，语言不雅，这一点似乎也很对母亲的脾气。所以那天两个人聊得很起劲，都顾不上诊疗。我在厨房做了布丁端去客厅时，病已看完了，听诊器很随意地挂在老先生脖子上，像条颈饰。老先生在客厅旁走廊里的藤椅上坐下来，继续闲聊：

“我们去大排档，站着吃乌冬面，也无所谓好吃不好吃的。”

母亲平静地望着天花板，听他说话。看来病况没什么问题，我总算松了口气。

“情况怎么样啊？这边的村医说，左胸有浸润呢。”

我突然来劲了，向三宅老先生问道。老先生若无其事地轻声说：

“啊，没事。”

“太好了，母亲！”

我心里高兴极了，笑着对母亲喊：

“没事了！”

就在那时，三宅先生蓦地从藤椅上站起身来，往中式厅那边去了。我觉得他有什么事找我，便悄悄跟了过去。

老先生走到中式厅的壁毯下停住了，说：

“肺部有啪嗒啪嗒的啰音啊。”

“那不是浸润？”

“不是。”

“支气管炎？”

我眼中含着泪问道。

“不是。”

结核！我真不愿意这样想。若是肺炎、浸润、支气管炎，我一定可以用自己的力量让母亲好起来。但是，如果是结核，啊，也许就完了。我觉得自己脚下的地面都崩塌了。

“声音很不妙？啪嗒啪嗒的？”

我心里害怕，抽泣起来。

“左肺右肺都这样。”

“可是，母亲精神好着呢，吃饭也说好吃、好吃……”

“没办法。”

“您骗我，怎么会没办法呢？多吃些牛油、鸡蛋、牛奶就会好的吧？身体抵抗力加强的话，烧就会退的吧？”

“嗯，不管什么，多吃点。”

“是吧，母亲每天吃五个西红柿呢！”

“嗯，西红柿很好。”

“所以啊，没事的吧？一定能治好的吧？”

“但是，下一次发病恐怕就致命了，要做好这样的准备。”

人力胜不了天，世上这种事情太多了——我似乎平生第一次意识到了这堵绝望之墙的存在。

“两年？三年？”

我颤抖着小声问道。

“很难说。总之，已无计可施了。”

那天三宅先生预订了伊豆长冈温泉的旅馆，后来就和护士离开了。我在门外送别了他们，半梦半醒似的回到房间，在母亲的枕边坐下，若无其事地笑了笑。母亲问道：

“先生怎么说？”

“说只要退了烧就会好的。”

“胸部呢？”

“好像没什么大问题，肯定是跟以前生病的时候一样呀。天气凉快之后，身体会恢复好的。”

我想要相信自己的谎言，忘掉“致命”这样恐怖的话语。

我怎么也无法把这件事当作事实，仿佛母亲死去的同时我的肉体也会一起消失。从今开始，我要忘掉一切，给母亲做很多美味的饭菜，鱼、浓汤、罐头、猪肝、肉羹、西红柿、鸡蛋、牛奶、清汤。有豆腐就好了，做豆腐味噌汤，配白米饭，还有年糕。只要是美味的食物，就算是把我的东西全部卖掉，也要买来做了给母亲吃。

我站起身走到中式厅，把躺椅搬到客厅旁的檐廊里，坐在能看得到母亲脸的位置。母亲在休息，看上去一点也不像个病人，一双美目，眼神清澈，脸色也很有生气。她每天早上按时起床梳洗，在浴室把头发扎好，衣服穿整齐，然后回到卧室，坐下来用完早餐后，时躺时坐地一直读书看报到中午，只有在下午才会发烧。

“啊，妈妈精神很好，一定没事的！”

我在心里断然否认了三宅先生的诊断。

到了十月，菊花开的时候就好了——想着想着，我迷迷糊糊打起了瞌睡。一个现实中从没见过的风景，在梦里却不时出现，啊，我又来到了这似曾相识的林中湖畔。我跟穿和服的青年一起行走，脚步声轻不可闻，周边的风景笼罩着绿色的雾霭，而一座精美的白色小桥沉在湖底。

“啊，桥沉了。今天哪都去不了，就在酒店休息吧，应该有空房的。”

湖边有一家用石头建造的酒店，石头被绿色的雾气濡湿了，石门上细细刻着金色的字体：HOTEL SWITZERLAND[1]。我刚读了SWI三个字母，突然想到母亲，一时变得将信将疑：她怎么样了？她住这酒店吗？然后和青年一起穿过石门走进前院，雾气环绕，一种类似绣球花的大红花燃烧般怒放着。我小时候看到过鲜红色绣球花图案的被子，当时莫名其妙地感到悲伤，原来真有红色的绣球花啊。

“冷吗？”

“有一点。雾气濡湿了耳朵，里头冷。”我说完笑着问道，“母亲不知怎样了？”

青年露出悲伤而慈爱的微笑答道：

“她在墓下安眠。”

“啊？”

我轻声叫了起来。原来如此，母亲已经不在了。母亲的葬礼早就举行完了不是吗？当我意识到母亲已经辞世时，难以名状的寂寞袭来，我不由得浑身颤抖，醒了过来。

阳台上已是黄昏。雨在下着。绿色的寂寞从梦中漂来，漂浮在我四周。

“妈妈！”

我叫道。

“怎么啦？”

1　瑞士酒店。

是母亲平静的声音。

我高兴得跳了起来，来到客厅里说：

“我刚才睡着了！”

“是吗？我还想你在干吗呢。原来睡了这么长的午觉。”

母亲开心地笑了。

看到母亲依然这么优雅地活着，呼吸着，我太高兴、太感激了，眼睛里充满了泪水。

“您想吃点什么吗？我加进晚餐的菜单里。”

我调皮地问。

“不用了，没什么想吃的，今天烧到三十九度五了。”

我一下子泄了气，沮丧极了，只好茫然地环视微暗的房间，我突然想到了死。

“怎么回事？三十九度五。”

“没什么事，就是讨厌发烧前的感觉。头有点痛，身上发冷，接着就开始发烧了。”

外面天色已暗，雨好像停了，起风了。我打开灯，正要去饭厅时，母亲说：

“别开灯，太刺眼了。”

“您也不喜欢一直在黑暗里躺着吧？”

我站在那问道。母亲说：

“反正闭着眼睛睡都一样，一点也不寂寞。我反而不喜欢灯光刺眼，以后就别开客厅里的灯了。”

我有种不祥的预感，默默关掉了客厅的灯，去了隔壁房间，打开台灯，觉得无比孤寂，于是赶紧去饭厅就着鲑鱼罐头吃了冷饭，眼泪簌簌流了下来。

入夜后，风越来越大，过了九点，雨又下了起来，真的是风雨交加。檐廊边两三天前卷起来的竹帘砰砰作响。我在客厅旁的房间里读起了罗莎·卢森堡的《经济学入门》，读得竟然有点兴奋。这本书是最近我从二楼直治的房间里取来的，一起借来读的还有《列宁选集》、考茨基的《社会革命》等，放在我的书桌上。母亲清早去洗脸回来路过我书桌旁，眼光忽然停留在这三册书上，一一拿起来端详了一番，然后轻轻叹了口气，又静静将书放回桌上，表情寂寞地看了我一眼。不过，尽管她的眼神充满了深深的悲伤，但绝没有否定和厌恶。母亲平常读的书，有雨果、大小仲马、缪塞、都德等人的作品，我知道即便是那样甘美的故事中也不乏革命的气息。也许母亲那样天生具有教养的人（这么说有点奇怪），对革命持欢迎态度是理所当然的。虽然我这样一个人读罗莎·卢森堡的书显得有些做作，不过我也确实是出于自己的兴趣。书里头讲的是经济学，但作为经济学来读索然无味，写的都是些再明白不过的道理，这或许是因为我根本理解不了经济学这门学问。总之，经济学对我而言毫无趣味。人是吝啬的，而且永远是吝啬的，这是经济学得以成立的前提。但在并不吝啬的人眼中，分配问题什么的就无聊至极。即便如此，这本书却在别的地方让我产生了奇妙的兴奋，那就是作者毫不犹豫、义无反顾地将旧思想摧毁得片甲不留的勇气。读的时候，我脑海里浮现出了一个即便违背道德，也头都不回地奔向情人的有夫之妇的身影。这是一种摧毁的思想。摧毁，是可悲而又美丽的东西。是一个摧毁、重建、完成的美梦。一旦摧毁了，也许永远见不到完成之日，但即便如此，为了心中之爱，也非得摧毁不可，非得革命不可。罗莎·卢森堡的爱是给马克思主义的，是悲伤而又义无反顾的爱。

那是十二年前冬天的事了。

“你呀，就是《更级日记》[1]中的少女，对你说什么都没用。”

朋友说完就走开了。我当时把还没读的列宁的书还给了她。

“读完了？”

“不好意思，没读呢。”

那是在看得见尼古拉教堂[2]的一座桥上。

“为什么？怎么回事？”

那个朋友身高比我略高一寸，外语学得很好，非常适合戴红色贝雷帽，大家都说她长得像蒙娜丽莎，是个美人。

“我不喜欢封面的颜色。”

1　日本平安时代中期菅原孝标女的日记体文学作品，记述自己从13岁到52岁的生活。

2　位于东京千代田区的基督教堂。

“你这人真古怪。不是因为封面吧？是觉得我很可怕吧？”

“没有。我只是受不了封面那颜色。”

“是吗？”

她有点落寞地说。而后说我是《更级日记》中的少女，认定对我说什么都没用。

我们沉默了片刻，看着下面冬天的河水。

“请保重。如果这是我们的永别，那就请永远保重！——拜伦。”

说完，她用原文把拜伦的诗句快速吟诵了一遍，轻轻抱了我一下。

我羞愧地低声道歉：

“对不起啊。”

然后我往御茶水车站走去，回头看时，那个朋友还站在桥头，一动不动，凝望着我。

后来就没见过那朋友了。虽然是去同一个外籍教师家补习，但毕竟上的不是同一所学校。

从那时起屈指已十二年，我比起《更级日记》时一点进步都没有。这些年，我究竟都做了些什么？既没有向往革命，连恋爱为何物也不甚了解。世间的大人总教训我们没有比革命和恋爱更愚蠢可恶的东西了，战前、战中我们也对此深以为然。然而战败之后，我们不再相信世间的大人，反而觉得不管他们说什么，反着做才是真正的生活之道。革命也罢，恋爱也罢，其实是世上最好、最美之事，正因为太好了，大人们才恶作剧般地扯谎把它说成是酸涩的青葡。我确信是这样。人是为了恋爱和革命而生的。

门轻轻拉开了，母亲笑着露出脸，说：

“还没睡？不困吗？”

我看了一眼桌上的钟，十二点。

“是呀，一点都不困，读着社会主义的书，兴奋起来了。”

“是吗？有酒吗？这种时候喝点酒，睡得好呢。”

母亲调侃道。那态度跟颓废派差不离了，显得分外妩媚。

不久到了十月，却不见秋高气爽、晴空万里，反而连日潮闷湿热，像梅雨季节一般。而母亲的体温，依然每天到了傍晚就高起来，在三十八度和三十九度间上下波动。

一天清早，我看到了吓人的景象：母亲的手肿了起来。平时总说早饭最好吃，可最近她只是坐着，吃一小碗粥，菜的味道重一点就吃不下。那天做了松茸清汤，结果她连松茸的香味都受不了了，把汤碗端到嘴边，又轻轻放回餐盘上。就在那时，我看到母亲的手，吓了一跳。她的右手肿得圆滚滚的。

“母亲！您的手……没事吗？”

母亲的脸也稍显苍白，看上去也肿了。

“没什么。就这么一点，没事儿。”

“什么时候开始肿的？”

母亲有点怕光的样子，眯着眼，默然无语。我真想放声大哭一场。这手，不是母亲的手，是别的老太太的手，我母亲的是一双纤细的小手，那才是我熟悉的手，优雅的手，可爱的手。那双手永远消失了吗？母亲的左手虽然肿得没那么厉害，但也令人不忍去看。我把目光移开，呆呆地盯着壁龛里的花篮。

泪水就要夺眶而出，我蓦地站起身走到饭厅，却见直治一个人在吃半熟的鸡蛋。他虽然有时会回到伊豆的家来，但夜里是雷打不动地去阿咲那里喝烧酒，早晨则饭也不吃，板着个脸吃四五个半熟的鸡蛋之后就上楼待着，时睡时醒。

“妈妈的手肿了……”

我对直治说了半句就说不下去了，低下头肩膀微颤着抽泣起来。

直治没说话。

我抬起头来，手紧抓着餐桌的一端，说：

“母亲已经不行了，你没注意到吗？肿成那样，已不行了……”

直治一脸阴沉地说：

“切，快了，麻烦的事快要来了。”

“我想把她治好，再试试吧，不管做什么，只要能把她治好！”

我左手死死捏着右手说道。突然，直治嘤嘤地哭了起来，

“不会好的……我们哪有一件好事……”

他一边说，一边用拳头使劲揉着眼睛。

那天，直治去东京向和田舅舅报告了母亲的身体状况，商量今后怎么办。而我每天从早到晚，只要不在母亲身边，就在哭泣。早上在晨雾中去取牛奶时，对着镜子梳头发时，涂口红时，我都在哭泣。和母亲一起度过的日子里的种种往事，像画一样浮在眼前，让眼泪怎么都止不住。到了黄昏，天色渐暗，我来到中式厅的阳台，久久地啜泣。秋天的夜空星光闪闪，不知谁家的猫伏在我的脚边一动不动。

翌日，母亲的手肿得更加厉害了。吃饭时什么也吃不下去，连喝橘子水都因为感到口中刺痛而无法继续。

“母亲，要不再按直治说的把口罩戴上？”

我本想笑着说，可说着就难受得大哭了起来。

“每天都忙前忙后，很累了吧，请一个护士吧。”

母亲平静地说道。比起自己的身体，她更担心我的身体，这令我更加悲伤。我站起来，跑到浴室，尽情哭了个够。

午后，直治带着三宅老先生和两名护士来到了家里。

以前老先生总爱说笑，但那天却像在生气一般绷着脸，匆匆走进病人房间，马上开始了诊察，而后喃喃自语道：

“变弱了啊。”

然后给母亲打了一针强心剂。

“先生住哪里？”

母亲梦呓般问道。

“还是长冈，订好了，放心吧。你这个病人啊，就操心别人的事，要更任性一点，想吃什么就多多地吃。营养足了，病就好了。明天我再来，留一个护士在这，有事就找她。”

老先生对着病床上的母亲大声说着，又对直治使了个眼色，站起身来。

直治一个人送先生和护士到门外，一会儿就回来了，从脸上看出他正强忍着不哭出来。

我们悄悄地离开卧室来到饭厅。

“不行了，是吗？”

“真麻烦啊。”直治歪着嘴强笑道，“说是身体状况急转直下，今天，或者明天，说不定就……”

直治的眼泪哗哗流了出来。

“不用发电报通知各方的人吗？”

我反而冷静了下来。

“这我也跟和田舅舅商量过，舅舅说现今不是能召集那么多人的时代了。即便人来了，家里这么窄，反而失礼于人，附近又没有像样的住宿处，就算是长冈温泉，也订不起两三个房间。总之，我们现在穷了，招呼不起那些个大人物了。舅舅应该回头就来了，不过，那家伙向来吝啬，根本靠不住。昨晚就是这样，放着妈妈的病不管，一个劲儿对我说教。从古到今，哪有被吝啬鬼说教而醒悟的人呢？虽说是姐弟，妈妈和那家伙简直是云泥之别！烦死了。”

“不过，我倒无所谓，你以后还是得靠舅舅……”

“没那回事！我还不如干脆当个乞丐。姐姐你以后才要请舅舅多关照呢。”

“我……”

我眼泪流了下来。

“我有可去的地方。”

“嫁人？已经定了？”

“没。”

“自食其力？职业女性？算了吧。”

“不算自食其力，我要去当革命家。”

“什么？”

直治用奇怪的表情看着我。

这时候，三宅先生留下照顾母亲的护士来叫我了：

“夫人好像找你有事。”

我赶忙来到病室，在母亲被褥边坐下，把脸靠近问道：

“怎么了？“

然而，母亲欲言又止。

“喝水？”我问道。

母亲轻轻摇头，看来不是要喝水。

“我做梦了。”母亲说。

“是吗？什么梦？”

“梦见蛇了。”

我吃了一惊。

“檐廊边放鞋的石板上是不是有条红色花纹的雌蛇？你去看看。”

我感到浑身一阵寒意，蓦地站起来走到檐廊，透过玻璃窗望去，一条长长的蛇正沐浴着秋天的阳光躺在放鞋的石板上。我不由得一阵晕眩。

我认得你。你比从前大了些，老了些，但你就是被我烧了蛇蛋的那条蛇吧。我知道，你是在复仇。走远点！快给我走远点！

我在心里这样念着，盯着那条蛇，那蛇却纹丝不动。不知怎的，我不想让护士看到那条蛇，于是咚咚地跺起脚来，故意高声说道：

“没有啊！母亲，梦里见到的不能当真啊！”

我瞄了眼石板，那条蛇终于动起身子，慢悠悠爬下石板溜走了。

不行了，真的不行了。看到那条蛇，绝望感从我心底涌了上来。父亲临死前，据说枕边也有一条黑色小蛇，而且那时我亲眼看到院子里的树上爬满了蛇。

母亲似乎连从床上坐起来的气力都没了，精神总有些恍惚，身体任凭陪护的护士摆布，吃东西几乎无法下咽。可能因为看到蛇之后悲伤突破了底线，我现在反倒平静了，这是一种类似幸福感的从容——接下来只要尽可能待在母亲身边就行了。

翌日，我开始紧挨着母亲枕边坐着织起了毛线。我织毛线和针线活做得比别人快，但做得不好，母亲看到之后总会手把手地教我。那天，我本来也没织毛线的心情，只是觉得这样贴着母亲不太自然，想装装样子，于是把毛线盒拿出来专心致志地织了起来。

母亲盯着我的手，说：

“你在织自己的袜子吧？那要再加八针，否则穿起来会有点紧。”

小时候无论母亲怎么教我，我总是织不好，那时手足无措、羞愧难当的情景，现在想起来真令人怀念。啊，一想到这种有母亲教导的日子已经到了尽头，眼泪就模糊了视线，毛线的针口也看不清了。

母亲就这样躺着，一点不显得痛苦。她一大早到现在就没吃过东西，我只能时不时用浸了茶水的纱布给她湿润一下嘴唇。但母亲意识很清楚，也时不时平静地和我说话。

“报纸上好像有天皇陛下的照片，再拿给我看一眼吧。”

我把有陛下照片的那一版展开在母亲脸上方。

“老了。”

“没有啦，是照片拍得不好，前一阵子的照片可显年轻了，生气勃勃呢。陛下反而更喜欢现在这个时代吧。”

“为什么？”

“那还用说，陛下也被解放了呀。”

母亲寂寞地笑了笑，过了一会儿说：

“想哭，但眼泪干了。”

我忽然想，母亲现在也许是幸福的吧？所谓幸福感，不就如沉在悲伤的河底，闪着幽微暗光的沙金吗？如果幸福感就是超越悲伤的顶点之后那不可思议的微光，那么陛下也好，母亲也好，我自己也好，此刻的确是幸福的。这是个静悄悄的秋日早晨，柔和的阳光散在秋意的庭院中。我放下手中的毛线，眺望着齐胸高的海平线：

“母亲，我以前太不懂这世间的事了。”

说完这句，我还想说点别的，可又害羞起来，不想被正在房间一角准备打针的护士听到，就住口了。

“以前？”

母亲微微一笑，追问道：

“这么说，你现在懂了？”

我不知为何，满脸变得通红：

“不懂。”

母亲仰起脸，自言自语般小声说道：

“我也不懂。大概没人懂吧。人不管到什么时候，都是小孩子，什么也不懂。”

然而，我必须活下去。我也许还是个孩子，但也不可以再撒娇邀宠了。从今以后，我必须与世间抗争。啊，像母亲一样与世无争，不怀憎恨，美丽又忧伤地活一辈子的人，母亲是最后一个，之后这世上不会再有了吧。行将逝去的人是美丽的，而活着，或者说苟活下去这件事，则无比丑陋，带着血的气味，令人觉得肮脏。我试图想象榻榻米上有一条怀孕的蛇在挖洞的景象。然而我并未心灰意冷，说我卑劣也罢，我得活下去，为了实现心中所想，我也要与世间斗争下去。随着母亲即将辞世，我的浪漫和感伤逐渐消退，变成了一只得小心防备的狡诈动物。

那天过午，正当我在母亲身旁帮她润湿嘴唇时，门外一辆车停了下来。和田舅舅和舅妈一起从东京坐车来了。舅舅来到卧室，默默地坐在母亲枕边。母亲用手帕遮住脸的下半部分，盯着舅舅的脸，哭了。不过，虽然是哭的表情，却没有眼泪，像是个人偶。

“直治在哪？”

过了片刻，母亲看着我问道。

我上了二楼，对躺在房间沙发上看新刊杂志的直治说：

“母亲叫你呢。”

“啊呀，又要面对这种悲伤的场面。你们真能忍啊，心真大，真薄情。而我，痛苦却有心无力，实在没气力在妈妈身边守着。”

他说着穿上外衣，和我一起下楼了。

我俩并肩坐在母亲枕边，母亲突然从被褥下伸出手，默默地指了下直治，又指了下我，然后转过脸对着舅舅，两手紧紧合十。

舅舅深深地点了头，说：

“我知道了，我知道了。”

母亲似乎放心了，轻轻闭上眼睛，把手悄无声息地缩回被子里。

我哭了起来，直治也低头呜咽着。

就在这时，三宅老先生从长冈来了，急忙打了一针。母亲见到舅舅之后似乎再无遗憾了，她说：

“先生，请早点让我解脱吧。”

老先生和舅舅对视了一眼，一言不发，两人眼睛里闪着泪光。

我起身去了饭厅，做了舅舅爱吃的油豆腐乌冬面，加上先生、直治和舅妈一共四份，端到中式厅里，又把舅舅带来的丸之内酒店的三明治拿到母亲枕边放下。

“忙坏你了。”

母亲小声说道。

大家在中式厅闲聊了一会儿，舅舅和舅妈说有要紧事，今晚怎么也得回东京，就将慰问金交了给我。三宅先生也和随行的护士一起离开了，走之前吩咐了陪护的护士各种事项，总之眼下母亲意识清楚，心脏也尚能支撑，只要按时打针，坚持四五天没什么问题。那天大家就暂且坐车回东京去了。

送别大家后，我回到房间，母亲对我亲切地笑着。

“忙坏了吧？”

她耳语般低声说道。母亲的脸色充满生气，甚至光彩照人。大概是见到舅舅很高兴吧。

“不忙。”

我的心情也稍稍轻松了些，微笑着答道。

就这样，这成了母亲最后的一句话。

三小时后母亲就过世了。秋日宁静的黄昏，护士检查着脉搏，在只有我和直治两个亲人的守护中，日本最后的贵族、美丽的母亲离开了。

母亲死后的容颜几乎没有变化。父亲去世时脸色骤变，但母亲的脸色一点都没变，只是呼吸断绝了，甚至让人不知道呼吸是在哪一刻断绝的。母亲脸上的肿胀也从前天开始消退，面颊如蜡般光滑，薄唇微微倾斜，似含笑意，与生前相比更显美艳。我觉得很像圣母子像中的玛利亚。

六

战斗开始。

不能永远沉溺在悲痛之中。我还有必须为之战争的事情。为了新的伦理？不，那样说显得伪善。是恋爱，我只是为了恋爱。就像罗莎为新经济学而活那样，我现在失去恋爱这唯一的寄托就活不下去。耶稣揭穿世上所谓宗教家、道德家、学者、权威人士伪善的面目，只是为了毫不犹豫、原原本本地向世人宣示神的真爱。他派遣十二位门徒游历四方时对他们的吩咐，似乎与我现在的处境并非全然无关。

> “腰袋里不要带金银铜钱。行路不要带口袋，不要带两件褂子，也不要带鞋和拐杖。我差你们去，如同羊进入狼群，所以你们要灵巧像蛇，驯良像鸽子。你们要防备人，因为他们要把你们交给公会，也要在会堂里鞭打你们；并且你们要为我的缘故，被送到诸侯君王面前，对他们和外邦人作见证。你们被交的时候，不要思虑怎样说话，或说什么话。到那时候，必赐给你们当说的话，因为

不是你们自己说的，乃是你们父的灵在你们里头说的。并且你们要为我的名被众人恨恶，惟有忍耐到底的必然得救。有人在这城里逼迫你们，就逃到那城里去。我实在告诉你们：以色列的城邑，你们还没有走遍，人子就到了。

“那杀身体不能杀灵魂的，不要怕他们；惟有能把身体和灵魂都灭在地狱里的，正要怕他。你们不要想，我来是叫地上太平；我来并不是叫地上太平，乃是叫地上动刀兵。因为我来是叫‘人与父亲生疏，女儿与母亲生疏，媳妇与婆婆生疏。人的仇敌就是自己家里的人。’爱父母过于爱我的，不配作我的门徒；爱儿女过于爱我的，不配作我的门徒。不背着他的十字架跟从我的，也不配作我的门徒。得着生命的，将要失丧生命；为我失丧生命的，将要得着生命。”[1]

战斗开始。

倘若我为了恋爱而发誓谨守耶稣的教诲，会不会受到耶稣的训斥？为什么“恋”是坏的，而“爱”是好的呢？我不明白。我怎么也觉得两者是一样的。为了这说不清道不明的爱与恋，为了它们带来的悲伤，甘愿在地狱中灵肉俱焚，啊，这就是我，毋庸置疑。

1　出自《圣经·新约·马太福音》第10章。译文引自中文和合本。

在舅舅的安排下，我们几个人在伊豆安葬了母亲，又在东京举行了正式的葬礼。直治和我依旧住在伊豆的山庄，碰了面也不说话，有种不明缘由的别扭。直治说要筹措出版公司的资金，把母亲的珠宝全拿走了，在东京喝酒疲了，就像大病一场似的一脸苍白，摇摇晃晃回到伊豆的山庄睡觉。有一次他带着舞女模样的年轻女人回来，即便是直治，这时候也有点不好意思的样子，于是我说：

"我今天去趟东京可以吗？想去好久没见的朋友那里玩，住两三晚再回来，就由你来看家吧。做饭的事，就让那位来好了。"

我不失时机地利用了直治的心虚，"灵巧像蛇"。我把化妆品和面包塞进手提袋里，极其自然地踏上了去东京找那个人的路。

以前无意中从直治那听到，在东京郊外省线的荻洼站下车，从北出口出站后步行二十分钟左右的一个住址，就是那个人战后的新家。

那天风很大。从荻洼站出来时，四周已有些昏暗，我叫住一个路人，打听到那个住址该往哪个方向走，然后在郊外昏暗的街巷里转悠了近一小时，不知所措得眼泪都出来了，走着走着又在沙石路上绊了一跤，木屐带子啪地断了，正呆立着不知如何是好时，忽然看到右侧两栋长屋[1]中一栋的门牌在夜色里

1 将一栋房子分隔、租借给数户人家合住的住宅。

泛着朦胧的白光，似乎上面写的是“上原”两字。于是我一只脚只穿着袜子，跑到那屋子跟前仔细一看，上面确实写着“上原二郎”，家里头黑乎乎的。

我再次呆立在原地，不知该怎么办。最后我以自杀般的心情，紧靠在玄关的格子门上，喊了一声：

“有人在家吗？”

我两手手指摸着木格子，又小声叫道：

“上原先生。”

有人回应了，但是个女人的声音。

玄关的门从里面打开了，一个瓜子脸、有点古风的女人，比我年长三四岁的样子，在玄关的黑暗中微微一笑，问道：

“您是哪位呀？”

她的语气里没有任何的恶意或戒备。

“不，那个……”

我错过了自报姓名的时机。一到她的面前，我的恋爱就成了一件亏心事。我战战兢兢，几乎是卑微地问道：

“先生，在家吗？”

“哎呀，他出门了。”她答道，不好意思地看着我，“不过，他应该去了那里……”

“远吗？”

“不远。”

她感到可笑似的，手掩着嘴说：

“在荻洼，车站前有家叫白石的关东煮，您到那去打听一下，应该就知道他去哪了。”

我的心已经飞了过去：

“啊，原来是这样。”

“哎呀，你的木屐……”

夫人让我进去玄关里，坐在台阶上，拿来了那种在绑带断了时用来简单修复的皮绳，或许叫作“轻便绑带”。在我修木屐的时候，她又点了蜡烛拿到玄关，说：

“真不巧，灯泡坏了两个，最近灯泡不光贵得要命，而且特别容易坏。我丈夫要是在的话就会买新的回来，可昨晚、前晚他都没回家，我们呀，连续三晚都只好天一黑就睡了。”

夫人笑着，流露出由里而外的轻松。她身后站着一个十二三岁的大眼睛女孩，瘦瘦的，怯生生的。

敌人。我虽然没有把眼前的夫人和孩子视为敌人，但他们迟早一定会把我当作敌人来憎恨。如此想来，我的恋情好像一下子凉透了。我换好木屐带，站起身拍掉手上的灰尘，落寞之感猛然涌上心头，难受极了，恨不得跑进客厅，在黑暗中抓紧夫人的手痛哭一场。尽管内心的冲动如此强烈，但一想到那样做之后自己的窘相，便忍住了。

“谢谢您。”

毕恭毕敬地道谢后，我走到外面，任凭冷风吹着。战斗开始。恋爱，喜欢，渴望。真心恋爱，真心喜欢，真心渴望。因为恋爱，只好如此；因为喜欢，只好如此；因为渴望，只好如此。那位夫人的确是少见的好人，那个女孩也很漂亮，不过，即便站在神的审判台上，我也一点不觉得内疚。人是为了恋爱和革命而生的，神不应为此惩罚我，我一点都不坏，因为真心喜欢，所以堂堂正正。为求见那个人一面，就算露宿街头，两晚也罢，三晚也罢，我也在所不辞。

我很快就找到了车站前的关东煮，但那个人不在。

“他肯定在阿佐谷。从阿佐谷站北口出去直走，嗯，一百五十米？有间五金店，在那右拐，五十米左右？有家叫柳屋的小饭馆，先生最近跟那儿的阿弃小姐打得火热，整晚泡在那，真不像样！”

我到车站买了票，坐上去东京的省线，在阿佐谷站下了车，出北口，一百五十米，在五金店右拐后五十米，看到了柳屋饭馆，静悄悄的。

“刚刚走了，一大帮人呢，说是去西荻‘千鸟’的老板娘那喝通宵呢！”

这位姑娘比我年轻，落落大方，优雅亲切，也许就是和那个人打得火热的阿弃小姐吧？

“千鸟？在西荻哪里？”

我心里犯怯，眼泪都要出来了。我忽然怀疑自己是不是疯了。

“不太清楚，西荻站下车，从南口出去左拐的什么地方，总之去派出所问问就知道了吧。反正他不是喝一家就结束的人，去千鸟之前说不定会在别家磨蹭呢。”

“我到千鸟看看去，再见啦。”

我又往回走，在阿佐谷站坐上去立川方向的省线，经过荻洼，在西荻洼的南口出了站，被大风吹得踉踉跄跄。找到派出所问清千鸟的方位之后，按指示赶了一段夜路，终于看见了千鸟的蓝色灯笼，于是毫不犹豫拉开了格子门。

进门是块没铺地板的夯土地，然后是个六张榻榻米大小的房间，烟雾缭绕，大概有十个人围着房间里一张大桌肆意喧闹着喝得正起劲。其中还夹杂坐着三个比我年轻的小姐，也吸着烟，喝着酒。

我站在门口打量了一圈，看到了那个人，恍如梦中一般。他变了，六年不见，他简直变成了另一个人。

这难道就是我的那道彩虹，M·C，我视为生活意义的那人吗？六年了，他的头发还跟从前一样蓬乱，可惜已显稀疏，变成了红褐色，脸黄且浮肿，眼袋溃疡发红，门牙脱落，嘴巴不停地吧唧着，像一头老猿似的弓着背，坐在房间的角落里。

其中一位小姐盯着我看，又给上原先生使了个眼色，告诉他我来了。他依旧坐着，伸着细长的脖子看了我一眼，毫无表情，抬了抬下巴示意我过去。席中诸人对我不抱关心，依旧大声喧哗，只是都挤了挤地方，留出一个空位让我坐在上原先生右侧。

我默默坐下了。上原先生给我的酒杯斟满了酒，然后给自己杯里也添满了，声音沙哑地低声说：

“干杯。”

两个酒杯无力地碰了一下，发出忧伤的声音。

“断头台，断头台，骨碌骨碌骨碌。”不知谁开口这么一唱，另外一个人也唱起来：“断头台，断头台，骨碌骨碌骨碌。”然后酒杯高声一碰，一饮而尽。于是“断头台，断头台，骨碌骨碌骨碌”这句瞎唱似的歌四处响起，碰杯和干杯的声音此起彼伏。看来他们是以这滑稽透顶的节奏来助兴，硬将酒灌进喉咙里。

“那么，告辞了。”

刚有人踉踉跄跄地离开，马上又有新客人慢吞吞地进来了，跟上原先生点下头挤出个空位坐了下来。

“上原先生，那地方，就是那地方，‘啊啊啊’那里，怎么说好呢？是说‘啊，啊，啊’，还是‘啊啊，啊’呢？”

起身问话的这个人，我确有印象在舞台上见过，是话剧演员藤田。

“是‘啊啊，啊’。啊啊，啊，千鸟的酒，不便宜呀——就用这样的调子说。”

上原先生回答道。

“说来说去都是钱的事！”

一个小姐说。

“两只麻雀要一钱，是贵，还是便宜呢？”

一个年轻绅士说。

“有一句话说‘若有一文钱没有还清’[1]，还有一句话说‘一个给了五千，一个给了二千，一个给了一千’[2]，真麻烦呀，基督算账门儿清！”

另一个绅士说。

“而且他是个好酒的人呢。说来也怪，《圣经》里关于酒的记述蛮多的，里头真有这么一句指责的话：‘看哪，一个贪吃好酒的人！’[3]没说他是‘喝酒’的人，而是‘好酒’的人，所以肯定是个酒中豪杰呢！少说也有一升的酒量吧？”

又一个绅士说。

“够了，够了！啊啊，啊！你们害怕道德指责，就把耶稣搬出来。千惠，喝一杯！断头台，断头台，骨碌骨碌骨碌！”

上原先生和最年轻漂亮的那位小姐“当”地碰了下杯，一口喝下，酒顺着嘴角流下来，湿了下巴，他破罐子破摔似的粗鲁地用手掌一擦，又连打了五六个大喷嚏。

我轻轻站起来，去旁边的房间问老板娘洗手间在哪儿。老板娘似乎有病在身，脸色苍白、身板瘦削。上完洗手间回来经过时，看见刚才最漂亮年轻的千惠小姐站在那，好像在等我。

1 《圣经·新约·马太福音》第5章第26节。译文引自中文和合本。

2 《圣经·新约·马太福音》第25章第15节。译文引自中文和合本。

3 《圣经·新约·路加福音》第7章第34节。译文引自吕振中译本。

她熟人似的笑着问我：

“你肚子饿吗？”

“嗯，不过，我带着面包。”

“我这儿也没啥招待你的。”病恹恹的老板娘弱弱地侧坐在长火盆边说，“你在这房间吃点吧，和那帮酒鬼一起，一晚上都吃不了东西。请来这边坐，千惠小姐也一起吧。”

“喂！阿绢！酒没了！”

旁边房间一个绅士喊道。

“来了，来了！”

回应的阿绢是个三十岁上下的女佣，穿着漂亮条纹的和服，在餐盘上放了大概十壶酒，从厨房端了出来。

“等一下，”老板娘叫住她，笑着说，“拿两壶过来。“另外，不好意思啊阿绢，麻烦你到后巷里的铃屋乌冬面，买两碗过来，要快。”

我和千惠小姐并排坐在长火盆旁，烘着手。

“盖上被子吧，变冷了，喝一杯吗？”

老板娘把壶里的酒斟到自己喝茶的杯子里，然后斟满了另外两只茶杯。

于是我们三人默默地喝起酒来。

“大家酒量不错嘛。”

老板娘不知为什么，口气亲切地说。

这时，外头的门哗啦一声拉开了。

“先生，我拿来了。”有个年轻的男声说，“我们社长啊，真抠，我求他给两万，最后才给了我一万。”

“是支票吗？”

是上原先生那沙哑的声音。

“不是，是现金，不好意思。”

“啊，没事，我写张收条。”

“断头台，断头台，骨碌骨碌骨碌。”干杯的歌声混杂在对话中，不绝于耳。

“阿直呢？”

老板娘一脸认真地询问千惠小姐。我吃了一惊。

“不知道呀，我又不是他的看守。”

千惠小姐有点慌神，脸红得可爱。

“最近是不是跟上原先生有点不对付啊？原来总在一起呀。”

老板娘沉静地说。

“他说喜欢上跳舞了，可能是有了当舞女的恋人吧？”

“阿直呀，又是喝酒又是女人，不好收场啊。”

“那是先生调教出来的嘛。”

“不过，阿直生性不好，那样的落魄公子……”

“那个……”

我微笑着，插了句话，觉得若是一言不发反而对她们两位不礼貌。

“我是直治的姐姐。”

老板娘似乎吃了一惊，重新打量着我，而千惠小姐则若无其事地说：

“长得很像啊，你站在门口的暗处时，我就吓了一跳，以为是阿直呢。”

“是这样啊。”老板娘改了语气，“真难为你来这脏乱的地方。那你和上原先生，以前就……”

“嗯，六年前就见过他……”

我吞吞吐吐说着，低下头，眼泪都要出来了。

“久等了！”

这时女佣端来了乌冬面。

“趁热吃吧。”

老板娘对我说。

“谢谢！”

乌冬面的热汤气扑面而来，我哧溜哧溜地吃着面条，此刻，人活于世的孤寂感彻底将我笼罩。

“断头台，断头台，骨碌骨碌骨碌，断头台，断头台，骨碌骨碌骨碌……”上原先生低声哼着歌来到我们的房间，在我旁边一屁股盘腿坐下，一言不发递给老板娘一个大信封。

“就这么点，剩下的可不许赖账呀。”

老板娘也不打开看，就把信封丢进长火盆边的抽屉里笑着说。

“会给的，剩下的明年付。”

“亏你说得出来。”

一万元。有这个数，可以买多少个灯泡啊。我要有这个钱，足够生活一年了。

啊，这些人这样不对。不过也许就跟我的恋爱一样，他们不那么做就活不下去。人生于世，不管如何都要活下去的话，他们活着的姿态就不应该被憎恨。活着。啊，活着真是一项无穷无尽且总是奄奄一息的大事业啊。

“总之，”隔壁一个绅士说，“今后要在东京生活，若不会轻佻地寒暄一声‘你好呀’，就肯定没戏。如今要求什么稳重、诚实之类的美德，等于是在往下拽上吊者的脚。稳重？诚实？呸！那样还怎么活下去啊？若不能轻松地说出‘你好呀’，那你可走的路就三条：一条是回乡务农，一条是自杀，还有一条就是吃软饭！”

“哪条路也走不来的可怜虫，只有最后一招。”另一个绅士说，“那就是赖上上原二郎，痛饮！”

“断头台，断头台，骨碌骨碌骨碌。断头台，断头台，骨碌骨碌骨碌……”

“今晚没住的地方吧？”

上原先生自言自语般低声说道。

“我吗？”

我感到自己像条猛然昂起头的蛇。敌意。一种与敌意类似的情绪，令我浑身僵硬起来。

"你能睡大通铺吗？今天很冷呢。"

"不行吧。"老板娘插话说，"也太可怜了。"

"切，"上原先生咂了下嘴，"别来这种地方就好了。"

我默默地听着。这人的确看了我的那些信，而且我从他说话的语气中迅速觉察到，他比谁都爱我。

"真没办法。要不去福井先生家？千惠，能带她过去吗？不行，你们两个女人途中危险。真麻烦。老板娘，请把她的木屐悄悄拿到厨房那边去，我把她送过去。"

外面已是深夜。风小了些，满天星光。我们俩并肩走着。

"我跟大家挤着睡也没事的。"

"嗯。"

上原先生只是困倦地回了一声。

"您是想单独跟我在一起吧，对吗？"

我这样说着笑了。

"所以才难办啊。"

他歪着嘴，苦笑了一下。我强烈感觉到了他对我的爱意。

"您真的喝了很多酒啊，每晚如此吗？"

"对，每天，从早就喝。"

"酒这么好喝吗？"

"不好喝呢。"

听到上原先生说这话的声音，不知为何，我心里颤了一下。

"您的工作怎样了？"

“不行。只能写出无聊的东西，也只感到没完没了的悲伤。生命的黄昏，艺术的黄昏，人类的黄昏。这么说很做作吧。”

“郁特里洛[1]。”

我几乎是无意识地脱口而出。

“啊，郁特里洛，好像还在世吧。嗜酒如命的一具行尸走肉。这家伙最近十年的画，全都俗不可耐。”

“不只是郁特里洛吧？其他艺术大家也全都……”

“是的，衰败了。新出的芽也没长大就衰败了。霜。Frost。好像全世界都下了场不合时宜的霜。”

上原先生轻轻抱着我的肩，我的身体好像就被裹在他和服的宽袖里。我没有拒绝，而是紧贴着他慢慢走着。

路旁的树枝，枝头光秃秃的，尖锐地刺向夜空。

“树枝真美啊。”

我不由得喃喃自语。

“嗯，花朵和漆黑的树枝相衬。”

他有点狼狈地说。

“不，我喜欢没花没叶也没芽的树枝。光秃秃的，可也在活着对吧。跟枯枝不一样。”

“唯有大自然不会衰败是吗？”

说完，他又连打了无数个喷嚏。

1　法国画家。19岁时因饮酒过度而无法工作，在母亲的坚持下开始作画，后来成为著名的街景画家。

“您是不是感冒了？”

“不，不，其实这是我的怪毛病，酒一喝到饱和点，马上就会这样打喷嚏，像是醉酒检测仪呢。”

“那恋爱呢？”

“什么？”

“有人让您爱到饱和点了吗？”

“别开玩笑了！女人，都一样，就是麻烦。断头台，断头台，骨碌骨碌骨碌。倒是有一个人，不，半个人。”

“我的信，您看了？”

“看了。”

“您的回答呢？”

“我讨厌贵族。他们身上总有种令人难忍的傲慢。你弟弟阿直，在贵族中已经很出色了，但有时也会突然露出自鸣得意的尾巴，很难交往。我是乡下平民的儿子，每当走过这样的小河旁，一定会回忆起儿时在故乡小河边钓鲫鱼、捞鳉鱼的情景。”

黑暗中传来小河潺潺的流水声，我们沿着河岸走着。

“不过，你们贵族绝对理解不了我们的情怀，还会蔑视我们。”

“那么屠格涅夫呢？”

“那家伙就是个贵族，所以我讨厌他。”

“可是，《猎人笔记》……”

“嗯，就那本写得还不错。”

“那里面写了农村生活的情怀……”

“我妥协一步，那家伙是个乡下贵族，好吧？”

“我现在也是个乡下人呢。在田里干活，是乡下的穷人。”

“你现在还喜欢我吗？”

他口气粗鲁。

“还想给我生孩子吗？”

我答不上来。

他的脸像岩石落下一般猛地靠了过来，莽撞地吻我。那是充满性欲的吻。我一边接受了他的吻，眼泪一边流了下来。那是近乎屈辱与悔恨的苦涩的泪水，流个不停。

而后，两人又并肩走着。

“糟糕，爱上你了。”

他说着笑了。

然而我却笑不出来，只是皱了皱眉，抿了抿嘴。

无奈。

用语言表达的话，就是无奈。我发觉自己正拖着木屐，步履沉重。

“糟糕。”这个男人又说了一次，“真的跟我去吗？”

“您真做作。”

“你这家伙！”

上原先生拿拳头咚地捶了下我的肩膀，接着又打了个大喷嚏。

到了福井先生家，家里的人看样子都睡了。

“电报！电报！福井先生，有电报！”

上原先生敲着玄关的门，大声叫着。

“上原啊？”

家中传来一个男声。

“正是。王子和公主来拜托您借宿一夜。这么冷的天，喷嚏打个不停，好不容易的为爱私奔也成了笑话！”

玄关的门从里头拉开，一个年过半百、秃顶的小老头，穿着华丽的睡衣，带着奇怪而略带羞涩的笑容，出来迎接我们。

“拜托了！”

上原先生只说了这么一句，然后外披也不脱就三步并两步走进家里。

“画室太冷啦，不行，我们去二楼吧！跟我来。”

他拉着我的手，穿过走廊，登上尽头的楼梯来到二楼，进入了一个昏暗的房间，在角落里啪地打开了电灯开关。

“好像酒店的房间呀。”

“嗯，暴发户的品味。不过，他那样差劲的画家可不配住这屋，全凭狗屎运无灾无难到现在，不利用一下都说不过去。好了，睡吧，睡吧。”

他像是这家的主人一样，拉开壁柜取出被褥铺好。

“你在这睡吧。我回去了，明早来接你。厕所下楼右拐就是。”

说完他像滚下楼梯似的，哒哒哒地下楼离开了，周围又一片宁静。

我又扭了下开关把灯关掉，脱去了天鹅绒外套，那是用以前父亲作为礼物从国外带回来的布料做的。然后解下腰带，穿着和服钻进了被窝。疲劳加上喝了酒，我浑身疲倦，很快就迷迷糊糊起来。

不知什么时候，那个人睡到了我旁边……我默默地拼命抗拒了近一小时。

忽然，我觉得他很可怜，便放弃了抗拒。

“不这样做，您踏实不下来是吧？”

“嗯，大概是吧。”

“您是不是把身体搞坏了？咯血了吧？”

“你怎么知道的？最近确实咯血得厉害，可没跟谁说过啊。”

“您身上有我母亲去世前一样的味道。”

“因为我是玩着命喝酒，没办法，活着太悲伤了。不是寂寞、孤独这么轻松的东西，而是悲伤。当阴森的叹息声透过四面的墙壁传来，自己怎么还能感到幸福呢？当知道自己有生之年已经不会再有幸福与荣誉时，人会有怎样的心情呢？努力，那种玩意儿只是饥饿野兽口中的饵食。悲惨的人太多了！这样说是不是很做作？”

“不是。”

“就只剩下恋爱了。正如你信上所说。”

“是。”

我的那份恋爱，消失了。

天亮了。

房间里渐渐变亮，我端详着身边那个人的睡颜，那是一张临死之人的脸，疲惫至极的脸。

是牺牲者的脸。高贵的牺牲者。

他是我的人，我的彩虹，我的孩子，可憎的人，狡猾的人。

而我又觉得那是一张世上独一无二、无比美丽的脸。那份恋爱重新苏醒了，在胸中涌动。我抚摸着他的头发，亲吻了他。

这是悲伤的恋爱所结的果实。

上原先生依旧闭着眼，抱着我，说：

“我错了，因为我是平民的儿子。”

我决定不再离开他。

“我现在很幸福。即使四面的墙壁外有叹息声传来，我现在的幸福也达到了饱和点。幸福得想打喷嚏呢。”

上原先生扑哧笑了，说：

“不过，太晚了，已经是黄昏了。”

“是早晨。”

就在那个早晨，我的弟弟直治，自杀了。

七

直治的遗书。

姐姐：

我不行了，先走一步了。

我完全不知道，自己为什么必须要活着。

想活的人活着就好了。

人既有活的权利，同样也有死的权利。

我这种想法一点也不新鲜。只不过对这种理所当然、古来有之的事，人们莫名其妙地感到害怕，不敢明言。

想活的人，不管做什么都要顽强地活下去，那很厉害，甚至可以说是人类的荣耀。但是，死这件事，我认为也无可厚非。

我，我这根小草，很难在这世上的空气和阳光中生存。要活下去，似乎哪里缺了一根筋，就是不够。我能活到今天，已经耗尽了所有的力气。

我进了高等学校，才开始跟与我在完全不同的阶级中长大的朋友交往，而他们是茁壮而坚韧的草。为了不被他们的气势压倒，，我借助毒品，在半癫狂的状态中死死抵抗。后来我参了军，在那里还是把鸦片作为生存的最终手段。姐姐，你不会理解我这种心情吧。

我想变得低俗，想变得强大，不，强横。我认为这样做是成为所谓民众之友的唯一途径。只喝酒是不行的，我必须使自己一直处于晕乎乎的状态，而除了毒品，别无他法。我必须忘掉家，必须反抗父亲的血统，抗拒母亲的温柔，对姐姐冷淡。不这样做，我认为就得不到进入民众之家的入场券。

我因此变得低俗，语言粗俗不堪。不过，其中有一半，不，百分之六十，是我打肿脸充胖子的拙劣演技。对于民众而言，我还是个装腔作势的拧巴人。他们不会发自内心地与我打成一片。而事到如今，我又回不去自己舍弃的沙龙了。我现在的低俗，就算百分之六十是装的，那剩下的百分之四十也是真的了。上流沙龙所谓的高雅令我作呕，一刻也不能忍受。而那些所谓有头有脸的大人物，看到我粗俗的行为，定然目瞪口呆，立刻就会赶我走吧。我不能回归自己舍弃了的世界，只能在民众那充满恶意、虚情假意的会堂里得到一个旁听席。

无论什么时代，像我这种生活能力差、有缺陷的小草，或许根本没机会谈什么思想，只能听从自生自灭的命运。不过，我也有话要说，因为我似乎知道了我活不下去的理由。

人，都是一样的。

这话算得上思想吗？我认为发明这句不可思议的话的人，既不是宗教家、哲学家，也不是艺术家，这话是从大众酒场里传出来的。它就像蛆虫一样，不知何时开始，不知始作俑者是谁，源源不断地冒出来，覆盖了全世界，把世界变得一团糟。

这句不可思议的话，跟民主主义、马克思主义毫无关系。它一定是大众酒场里某个丑男对美男子说的话。它只是一种焦虑和嫉妒，根本称不上思想。

然而，这个酒场里嫉妒的咒骂声，戴着一副思想的面具，在民众中大摇大摆地行走，明明与民主主义和马克思主义毫不相干，却不知何时起，缠上了政治思想和经济思想，于是情况急转直下。就算是梅菲斯特[1]，也会因为良心有愧，而说不出这等信口雌黄、偷换概念的话吧。

人，都是一样的。

这是一句多么卑屈的话啊。在鄙视别人的同时鄙视自己，让人放弃一切自尊与努力。马克思主义主张劳动者至上，而不说“人都一样”。民主主义主张个人的尊严，而

1 歌德《浮士德》里的魔鬼。

不说“人都一样”。只有皮条客才说：“嘿嘿，别装了，人都一样。”

为什么说“人都一样”呢？就不能说谁“优秀”吗？这是奴性的复仇。

因此，我认为这句话实在猥亵恶心，人之间彼此恐惧，所有思想都遭到亵渎，努力被嘲笑，幸福被否定，美貌被诅咒，光荣被推倒，而所谓“世纪的不安”也正是从这句话开始的吧。

我一边觉得这句话可恶，一边又受制于它，害怕得发抖，羞于有任何作为，始终不安而不知所措，只能靠酒和毒品的眩晕获得片刻的安宁。就这样，我的生活变得乱七八糟。

我很懦弱吧？我是一根有重大缺陷的小草吧？皮条客恐怕会嘲笑我：“不管怎么辩解，你不就是个放荡、懒惰、好色、任性的公子哥儿嘛。”以前我听到这些，总是觉得难为情，不置可否地点头承认。但是，临死前，我要留下一句抗议的话。

姐姐。

请相信我。

我虽然声色犬马，却全然感受不到快乐。恐怕我对快乐是阳痿的。我只是想从贵族的影子中逃离出来，为此陷入了疯狂、声色、混乱。

姐姐。

究竟我们有何罪过？生为贵族，是我等之罪吗？只不过因为生于贵族之家，我们就永世不得翻身，就像犹大的后代，终日惶恐，终日谢罪，不得不羞愧地活着。

我应该更早些去死。只是一样东西阻止了我，那就是妈妈的爱。一想到这我就难以赴死。人有自由地活着的权利，同样也有任性地赴死的权利，但是，“母亲”在世时，我觉得必须暂时搁置赴死的权利，因为我死的同时，会把“母亲”也杀死。

事到如今，即便我死了，也不会有人悲伤到身体崩溃的地步。别误会，姐姐，我知道失去了我你们会多么悲伤。但是，矫饰的忧伤大可不必。你们知道了我的死讯，一定会哭泣吧，然而当你们念及我活着的痛苦，以及我从这讨厌的一生中解脱的快乐，你们的悲伤一定会逐渐消失的。

那些指责我轻生，说不管如何都应该顽强活下去的人，他们从不给我帮助，只会一脸得意地批评我。这些人真了不起，天皇陛下来了他们都能毫不在乎地劝他去开个水果店。

姐姐。

我还是死了的好。我缺乏生活能力，无力与人争夺金钱，也不会占别人便宜。和上原先生一起时，我也总是该付的账自己付。上原先生讨厌我这一点，总说那是贵族悭吝的自尊，但其实我并非是因为自尊而付钱，而是用上原先生赚的钱大吃大喝、找女人这件事让我感到害怕，我真的做不到。如果说这只是因为我敬重上原先生的工作，无疑是谎话，我其实并不清楚是什么原因，单纯是对白吃白喝感到没由来的恐惧。而如果这白吃白喝的钱是人家凭本事赚来的，那就更让我痛苦、于心不安了。

因此我总是把家里的钱物拿出去，惹得妈妈和你伤心，我自己也一点都不快乐。说要做出版，也是遮丑的幌子而已，我从没认真想过。就算我真的做了，一个连吃别人一顿饭都不乐意的人，怎么可能赚得到钱。我虽然愚钝，这点道理还是明白的。

姐姐。

我们穷了。本想趁还活着，请别人吃饭的，却变成倘若别人不请自己吃饭就活不下去了。

姐姐。

到这份上，我为什么还要活下去呢？已经不行了，我要去死了。我有药，可以死得安乐，在军队时我就准备好了。

姐姐很漂亮（我以有漂亮的母亲和姐姐为荣），而且很聪慧，我一点也不担心姐姐。我连去担心的资格都没有，就如同小偷关心被偷之人似的，令我倍感羞愧。我想，姐姐一定会结婚、生子，和丈夫一起顽强活下去的。

姐姐。

我有一个秘密。

这么长时间以来，我把这个秘密藏在心里，即便在战场上，也一门心思地想念那个人，做梦梦见她，不知多少次从梦中醒来时哭得像个孩子。

那个人的名字，我哪怕是嘴巴烂掉，对谁也不能说。可我要死了，就想至少对姐姐说个清楚。但我还是觉得恐惧，不敢说出那个名字。

不过，倘若我对这个秘密守口如瓶，不对这世上的任何人说，最终藏在心底死去的话，我的身体在火葬时，心底那块肉该不会因为烧不透而带着腥臭留下来吧？想到这我就坐立难安，于是想拐弯抹角地、隐晦地、编故事似的把它告诉姐姐。虽说像个故事，但姐姐肯定一下就能猜出对方是谁。与其说是编故事，其实不过是把真名换成假名罢了。

姐姐你明白了吗？

姐姐应该认识那个人，但可能从没见过。她比姐姐大些，单眼皮，眼角上挑，头发没烫过，总在脑后紧紧地扎成一束，朴实无华。她穿着贫寒但不随便，总是清洁整齐。她是一位在战后以崭新风格的画作迅速成名的中年油画家的夫人。虽然那画家行为粗暴放荡，但她装出毫不在乎的样子，每次见到时总是温柔地微笑着。

我站起身说：

“那么，我告辞了。”

她也站起来，毫无戒心地走近我，抬头看着我的脸：

“为什么？”

她声音普通，微微歪着头，一副不解的表情，注视着我的眼睛。她的眼里没有一点恶意或矫饰，我和女人目光相交时通常会狼狈地把视线移开，但只有这一次，我没感到半分羞涩，两人的脸相隔一尺，我也凝视着她的眼眸，六十秒或者更久，其间只感到极度的舒适。终于我微笑着说：

“可是……”

“他马上就回来了。”

她还是一脸认真地说。

我忽然想，所谓真诚，就是指这样的表情吧？并非品德课教科书式的道貌岸然，真诚这个词所表达的本真的美德，就是眼前的这种可爱吧？

“我下次再来。”

“好吧。”

自始至终都是极普通的对话。某个夏日的午后，我去那位画家的公寓拜访，画家不在家，不过夫人说很快就会回来，可以到屋里稍等片刻。于是我进屋翻了三十分钟杂志，可画家还没回来，就起身告辞，仅此而已。然而，我却在那天、那个时刻，因为那个人的眼眸而陷入了苦恋。

那就是“高贵”吗？我周围的贵族中，除了妈妈，那样毫无戒心、真诚的眼神，一个人也没有。这点我可以断言。

后来某个冬日傍晚，那个人的侧影又深深地打动了我。还是在油画家的公寓，我陪他坐在暖炉边，从早上就开始喝酒。我和他一起对日本所谓的文化人们乱骂一通，笑得前仰后合。后来画家睡倒在地，鼾声大作，我也正迷迷糊糊地横躺着，忽然一张毛毯轻轻盖在了身上。我微睁开眼，东京冬日黄昏的天色如水般澄澈，夫人抱着女儿若无其事地坐在窗边，端庄的侧影在蔚蓝远空的映衬下，恍如文艺复兴时期轮廓鲜明的侧面像。那轻轻为我盖上毛毯的亲切中没有声色，没有欲望，啊，人性这个词就该用在此刻，这个词在此刻苏醒了。她对别人的关心几乎是无意识的，理所当然而不求回报，宛如画中人静静地眺望着远方。

我闭上眼，心中的爱慕与渴望快要把我逼疯，眼睑下泪水涌动，我把毛毯拉上来蒙住了头。

姐姐。

我最初去找画家玩，是因为他的作品有特别的笔触，画里隐藏着狂热的激情，那使我陶醉。然而随着交往的深入，那个人缺乏修养、放荡龌龊的样子令我失望。而与此相反，我却被他夫人美丽的心灵所吸引，不，应该说是对拥有正确情感的人产生了依恋和仰慕，总想见她一面，于是才频繁地去画家那里。

我现在甚至觉得，倘若那个画家的作品里多少还有一些艺术的高贵气息，那也是夫人温柔之心的投影。

如今，我有一说一，那画家其实只是一个酗酒、风流成性、投机取巧的商人。为了赚钱享乐，他在画布上乱画一气，自诩时尚，煞有介事地高价出售。那个人所具有的，只是乡下人的厚脸皮、愚蠢的自信以及狡诈的商才而已。

恐怕那个人对别人的画，不管是外国人的画还是日本人的画，一概不懂吧。而且他也不懂自己在画什么吧，只是为了玩乐所需的开销而自我陶醉地在画布上涂鸦。

更令人吃惊的是，那个人似乎对自身混乱的行为毫无怀疑，毫无羞耻，毫无恐惧。

他有的只是自鸣得意。毕竟连自己画的画也不懂，怎么可能懂别人作品的优秀。所以他只会贬低，一个劲地贬低。

也就是说，尽管那个人嘴上对自己颓废的生活也有颇多怨言，可他其实就是个愚蠢的乡巴佬，来到憧憬多时的城市，获得了连自己都觉得意外的成功，于是忘乎所以，到处鬼混玩乐罢了。

有一次，我说：

“当朋友们都在偷懒玩乐时，如果自己一个人学习用功，我就感到不好意思，还有点害怕，于是怎么都做不到。所以就算不想玩，我也会加入大家一起去玩的。”

中年画家说：

“哦？那就是贵族气质吗？真让人讨厌。我要是看到别人在玩，就想我不玩就亏大了，于是大玩特玩！”

他一副满不在乎的模样。在那一刻，我从心里鄙视他。这个人从不为自己的放荡而苦恼，反而对这愚蠢的玩乐扬扬得意。他是个真正的乐天蠢货。

不过，我再说多少这个画家的坏话，也都是些和姐姐无关的事，而且当我即将死去，还是怀念起了和他长年的交情，甚至想再和他一起玩一回，对他没有半点憎恨之心。他是个怕寂寞的人，优点也有很多，所以关于他我就不再说什么了。

我只是想告诉姐姐，我爱上了那个人的夫人，踟蹰不前，痛苦不堪。因此，姐姐即便知道了这件事，也绝对不要告诉他人，不必为遂弟弟生前所愿而去做些什么，那只会让我觉得做作且多余。姐姐一个人知道以后，悄悄地想“啊，是这样啊”，这就够了。倘若再贪心一点的话，姐姐要是因为我这羞耻的自白，对我活到今天的苦痛有了更深的理解，那会让我无比高兴。

我曾经做了一个梦，我和夫人两手紧紧握着，而我得知夫人也从很久之前就喜欢我了。梦醒时，我手掌上还残留着夫人手指的余温。这样我已经心满意足，可以放下了。我怕的不是道德，而是那个半疯的画家，不，可以说他就是个疯子。为了放下，我曾把心中的火投向别处，疯狂地和各种女人鬼混，来者不拒，以至于有天晚上连那个画家也皱起了眉头。我想方设法从夫人的幻影中逃离，想忘掉她，想不在乎她——但做不到。我终归只能跟一个女人恋爱。我可以断言，对夫人以外的女性朋友，我一次也没有感到过美丽或是可爱。

姐姐。

死之前，让我写一次夫人的名字吧。

阿菅。

我昨天把一个一点也不喜欢的舞女（这个女人骨子里透着愚蠢）带回了山庄，不过这么做并不是为了今早自杀。虽然我决心最近就死，但昨天带她来山庄，是因为她老缠着我去旅行，而我在东京又玩腻了，便想着和这蠢女人一起回山庄休息两三天也不坏。尽管知道这样会给姐姐带来不便，但还是先来了再说吧。当得知姐姐要到东京找朋友玩时，我忽然想，要死的话就是现在了。

我很早以前，就想死在西片町家最里头那个房间里，因为我无论如何不愿死在大街上或荒野里，任由尸体被那些看热闹的人翻来弄去。然而西片町的家已经易主，如今也只能死在这山庄了。可要是最先发现我自杀的是姐姐了，那姐姐会多么震惊和恐惧啊。这样想来，我就对在只有我们两个人的夜里自杀这件事感到无比沉重，实在难以做到。

因此，这是个绝佳的时机。姐姐不在，那个愚钝的舞女就会成为第一个发现我自杀的人。

昨晚，我们两人喝过酒，我让女人在二楼房间里睡下，然后自己来到楼下妈妈过世的房间，铺好被褥，开始写这封悲惨的遗书。

姐姐。

我已经失去了希望的根基。再见。

我的死，终归只是自然现象。人是不会仅仅因为思想就死的。

还有一个不情之请。妈妈的遗物中有一件麻布和服，姐姐把它改了是要给我明年夏天穿的吧？请把那件和服放到我的棺材里，我很想穿。

天亮了。这些年来让姐姐操心了。

再见。

昨晚的酒彻底醒了。我是清醒地死的。

再说一次，再见。

姐姐。

我是贵族。

八

梦。

所有人，都离我而去了。

处理完直治的后事，我一个人在冬日的山庄住了一个月。

然后我给那个人写了信，恐怕这是最后一封了。写的时候，我心如止水。

您好像也把我抛弃了。不，是渐渐把我淡忘了。

不过，我很幸福。我似乎如愿怀上了孩子。我现在感觉失去了一切，但是腹中的小生命让我能在孤独中露出微笑。

无论如何我都不认为这是个肮脏的错误。我最近也明白了这世上为什么有战争、和平、贸易、工会、政治这些东西。您大概不明白吧？正因如此，您才一直身处不幸。我来告诉您吧，那些都是为了让女人生出好孩子。

我从来就没在意过您的人品好坏、是否会负责，我只在意我这场孤注一掷的恋爱冒险的成败。我的愿望已经实现，所以现在心情就像森林中的沼泽一样安静。

我想，我赢了。

玛利亚即便产下的不是丈夫的孩子，只要有荣耀的光环，她和孩子就是圣母和圣子。

我毫不在乎那些古老的道德准则，只为得到了一个好孩子而心满意足。

那天之后，您大概还是哼着“断头台，断头台”，跟绅士小姐们一起喝酒，继续过着颓废的生活吧。不过我不会劝您停止的，因为那或许也是您最后的斗争方式。

把酒戒了，把病治好，长命百岁，事业有成，这种扫兴的客套话我已经不想说了。与其“事业有成”，不如下定决心把别人口中的堕落生活坚持到死，也许更能获得后世的尊敬。

牺牲者，道德过渡期的牺牲者。您和我肯定都属于这样的人吧。

革命究竟是在哪里进行的呢？至少在我们周围，古老的道德还是原样，毫无改变，挡住我们的去路。就算大海的表面波涛汹涌，底部的海水却没半点动静，佯装沉睡，那么何来革命？

不过，我在与古老道德战斗的第一个回合中险胜了。而今后，我将和出生的孩子一起，迎接第二回合、第三回合的战斗。

生下所爱之人的孩子并养育成人，我的道德革命就完成了。

即便您忘记了我，或被酒精夺去了生命，为了完成我的革命，我也会顽强地活下去。

我最近从某人那里知道了您的许多卑劣之处，但我并不在意。因为让我变得如此坚强的，是您；在我心中架起那道革命之虹的，是您；为我确立生存目标的，也是您。

我以您为豪，我想让出生的孩子也以您为豪。

私生子，和私生子的母亲。

但是，我们将和古老的道德斗争到底，像太阳一样活下去。

所以，请您也将您的斗争进行到底。

革命尚未发生。尽管让人惋惜，但它需要更多、更多高贵的牺牲者。

如今这世上，最美丽的就是牺牲者。

还多了一个小小的牺牲者呢。

上原先生。

我对您已毫无所求，但为了这个小小的牺牲者，有件事想得到您的首肯。

那就是，请让您的夫人抱抱我生的孩子，一次就好。然后，允许我说这样一句话：

“这是直治和某个女人秘密生下的孩子。”

这么做的理由我不能对任何人说。不，我自己也不明白为什么这么做。不过，我必须请您让我这么做。为了这个叫作直治的小小的牺牲者，必须请您让我这么做。

您不高兴了吗？就算不高兴也请忍耐一下，务必接受我的请求。请您把这当作一个被抛弃、被淡忘的女人唯一的一次使坏。

M·C，My Comedian[1]。

昭和二十二年二月七日。

1 我的喜剧演员。